IL ROSONE
Invenzione 115

CATALOGHINO

PRIMAVERA 2019

SANTI QUARANTA

Trent'anni di storia

Sette novità

1) ANTONIO RUSSELLO, **L'isola innocente.** *"Storia" di Giangiacomo e Giambattista*, cm 14x22, pp. 216; in brossura. Copertina a colori. Collana «Il rosone», Invenzione, 45. *Postfazione* di Matteo Collura. ISBN 978-88-86496-42-1. Prezzo € 13,00. **2ª edizione**.

   Giambattista Grieco e Giangiacomo Gibard (il Vico e Rousseau) mettono a confronto le loro filosofie di vita in un romanzo avvincente nel quale si alternano momenti burleschi, teneri e tragici.

2) THEODOR FONTANE, **Viaggio attraverso la Scozia**, cm 14x22, pp. 248; in brossura. Copertina a colori. Collana «Il rosone», Invenzione, 43. Traduzione dal tedesco di Carmen Putti. ISBN 978-88-86496-39-1. Prezzo € 14,00. **2ª edizione**.

   Il viaggio fascinoso compiuto in Scozia nel 1858 da Theodor Fontane, il grande scrittore tedesco. L'opera delinea l'arte e la storia, la vita e le tradizioni scozzesi. Ora in seconda edizione rinnovata.

3) MARIAPIA DE CONTO, **Il silenzio di Veronika**, cm 14x22, pp. 200; in brossura. Copertina a colori. Collana «Il rosone», Invenzione, 121. ISBN 978-88-97210-47-4. Prezzo € 13,00.

   Cade il Muro di Berlino (9 novembre 1989) e Veronika scompare abbandonando la figlioletta Petra. Il Muro crollato continua ad avvelenare le anime e i cuori: Petra, da adulta, ricerca la madre misteriosa, e la ritrova. Il romanzo, intrigante e impetuoso, che scuote profondamente, vedrà la sconfitta della menzogna.

4) CRISTIANO CARACCI, **Il capitano della Torre di Galata**, cm 14x22, pp. 152; in brossura. Copertina a colori. Collana «Il rosone», Invenzione, 122. ISBN 978-88-97210-48-1. Prezzo € 13,00.

   Caracci delinea, in questo nuovo romanzo raffinato e immaginoso, la ribellione dei greci contro gli ottomani in terra di Morea. Nella cornice di una storia colma di episodi violenti, fa emergere l'umanità, la dolce vita e il desiderio di pace del capitano Solimano.

5) PAOLO MALAGUTI, **I mercanti di stampe proibite**, cm 14x22, pp. 272; in brossura. Copertina a colori. Collana «Il rosone», Invenzione, 97. ISBN 978-88-97210-16-0. Prezzo € 15,00. **3ª edizione**.

   Un affascinante romanzo di vasto respiro, con al centro la vicenda dei merciai ambulanti del Trentino e quella dei Remondini, celebri stampatori, che coinvolge la grande e la piccola storia.

Saggistica

54) HENRIC L. WUERMELING, **Storia della Baviera**, cm 15x22, pp. 312; in brossura. Copertina a colori. Collana storica «Le Porte», 2. Traduzione dal tedesco di Rossella Franceschini. ISBN 978-88-86496-88-9. Prezzo € 15,00.

Una storia ultramillenaria, singolare e affascinante, che rende conto del lungo periodo di indipendenza e autonomia della Baviera.

55) GIORGIO BÁRBERI SQUAROTTI, **La letteratura instabile.** *Il teatro e la novella fra Cinquecento ed Età barocca*, cm 15x22, pp. 472; in bross. Copertina a colori. Collana «Le Crune», Saggi eruditi, 3. ISBN 978-88-86496-72-8. Prezzo € 16,00. **Premio nazionale per la saggistica «Corrado Alvaro» 2007**.

Un grande saggio sul teatro e la novella fra Cinquecento ed Età barocca.

56) AA.VV., **Le mappe nascoste di Cervantes** (a cura di **Carlos Romero Muñoz**), cm 15x22, pp. 276; in brossura. Copertina a colori. Collana «Le Crune», Saggi eruditi, 2. ISBN 978-88-86496-54-4. Prezzo € 15,00.

La grandezza e il fascino del più illustre scrittore spagnolo di tutti i tempi in una raccolta di saggi di livello internazionale.

57) FEDERICO BOZZINI, **L'arciprete e il cavaliere.** *Il Veneto nel Risorgimento*, cm 15x22, pp. 240; in brossura. Copertina a colori. Collana storica «Le Porte», 3. ISBN 978-88-86496-97-1. Prezzo € 13,00.

La vera storia, documentata e politicamente scorretta, del Risorgimento nel Veneto, resa con una lingua nitida e coinvolgente.

Alcune notizie

- L'Editrice Santi Quaranta prende il nome da una bella porta di Treviso del '500.
- È stata fondata, nell'aprile 1989, da Ferruccio Mazzariol.
- Si distingue per la creatività, la qualità culturale e la finezza grafica.
- Pubblica autori italiani, soprattutto dell'area veneta, friulana e giuliana, ma ha anche una particolare attenzione verso grandi scrittrici e scrittori europei, e dà voce alle letterature dei 'piccoli' popoli.
- Fiori all'occhiello, tra gli autori stranieri, il tedesco Th. Fontane, la scrittrice francese S. Germain, il ceco V. Havel, la scrittrice neozelandese K. Mansfield, il francese A. de Saint-Exupéry, l'inglese R.L. Stevenson e il saggista franco-americano R. Girard.
- Il 14 dicembre 2013 inaugura la sua Libreria, nel cuore di Treviso.

Editrice Santi Quaranta

Via Sugana 1/A, 31100 Treviso, tel.: 0422/545440, fax: 598172
Libreria: Via Sugana 1, 31100 Treviso, tel.: 0422/540604
Ccp: 17837311 - P. Iva: 02185210263 - CF: MZZFRC39C16G846G
Internet: **www.santiquaranta.com** * E-mail: **info@santiquaranta.com**

Katherine Mansfield

L'infanzia di Katherine

Alla Baia e *La casa delle bambole*

Traduzione dall'inglese e Notizia
di
ALESSANDRA POLETTO

SANTI
QUARANTA

Titolo originale:
At the Bay e *The doll's house*

1ª edizione - dicembre 2016

Via Sugana, 1/A - 31100 Treviso
tel: 0422/545440, fax: 0422/598172

Internet: www.santiquaranta.com
E-mail: info@santiquaranta.com

ALLA BAIA

CAPITOLO I

Mattina, molto presto. Il sole ancora non era sorto, e l'intera Crescent Bay se ne stava nascosta sotto una bianca foschia che saliva dal mare. Sullo sfondo, le grandi colline ricoperte di cespugli parevano soffocare. Non era possibile vedere dove esse finissero e dove incominciassero i recinti e i bungalow. La strada di sabbia era scomparsa, e pure i recinti e i bungalow dall'altra parte; al di là non c'erano più le bianche dune ricoperte di erba rossastra; non c'era nulla a delimitare il confine tra la spiaggia e il mare. Era calata una pesante rugiada. L'erba era azzurra. Delle grosse gocce se ne stavano appese sui cespugli e non mostravano nessuna intenzione di sciogliersi; l'argenteo e vaporoso *toitoi** si ripiegava floscio sui suoi lunghi steli, e tutte le calendule e i garofani nei giardini dei bungalow erano inclinati fino a terra per l'umidità. Fradice erano le fredde fucsie, e perle di rugiada indugiavano sopra le piatte foglie dei nasturzi. Sembrava come se il mare fosse stato scosso dolcemente, nelle ore notturne, come se un'onda immensa fosse arrivata a incresparsi, a incresparsi… fin dove? Probabilmente, se ci si fosse svegliati nel

* Termine maori usato per indicare una pianta tipica della Nuova Zelanda, simile alla canna. *[n.d.t.]*

bel mezzo della notte, si sarebbe potuto vedere un grosso pesce guizzare alla finestra e poi dileguarsi ancora...

Ah-aah! risuonava il mare assonnato. E dal *bush** giungeva il gorgogliare di piccoli ruscelli che scendevano veloci, leggeri, scivolando tra i sassi levigati, riversandosi dentro bacini ricoperti di felci e poi di nuovo all'esterno; e si sentiva il rumore sordo di grosse gocce che cadevano su foglie larghe, e qualcos'altro – ma cos'era? –, un lieve movimento e un tremolio, lo schiocco di un ramoscello, e poi un tale silenzio, come se qualcuno si fosse messo in ascolto.

Oltre Crescent Bay, tra ammassi di rocce spezzate, un gregge si avvicinava trotterellando. Le pecore si muovevano strette l'una all'altra – un gruppo piccolo, lanoso e agitato, con le zampe sottili come bastoncini che si spingevano in avanti velocemente –, come se il freddo e il silenzio le avessero spaventate. Dietro di loro, un vecchio cane da pastore, con le zampe bagnate piene di sabbia, correva con il naso puntato a terra, ma quasi noncurante, quasi stesse pensando ad altro. E poi dal passaggio tra le rocce apparve il pastore. Era un vecchio magro e dritto, e indossava un cappotto di panno ricoperto da una ragnatela di piccole gocce, dei pantaloni di velluto legati sotto il ginocchio, e un cappello a larghe tese con un fazzoletto turchino ripiegato attorno alla falda. Una mano infilata nella cintura, con l'altra stringeva un bastone giallo perfettamente leviga-

* Il termine *bush* si riferisce a un paesaggio tipico australiano caratterizzato da foreste di eucalipti e vegetazione bassa e prevalentemente cespugliosa. [*n.d.t.*]

to. E mentre camminava, prendendosi il suo tempo, fischiettava accennando un motivo etereo, lontano, che risuonava malinconico e dolce. Il vecchio cane fece una o due capriole ma poi si fermò all'improvviso, vergognandosi del proprio sciocco comportamento, quindi riprese a muovere qualche passo dignitoso al fianco del padrone. Le pecore corsero in avanti scalpicciando; cominciarono a belare, e greggi e mandrie fantasma risposero loro dal fondo del mare. "Bee! Bee!". Per un attimo sembrò che fossero rimaste sempre ferme sullo stesso pezzo di terra. Davanti a loro si allungava la strada sabbiosa con basse pozzanghere; su entrambi i lati, sempre gli stessi cespugli fradici e gli stessi steccati ombrosi. Poi qualcosa di immenso apparve alla vista: un enorme gigante con i capelli ritti sulla testa e le braccia allargate. Era il grande eucalipto che cresceva fuori dal negozio di Mrs. Stubbs e, allorché vi passarono vicino, sentirono un'intensa zaffata del suo profumo. Adesso ampie macchie di luce baluginavano nella foschia. Il pastore smise di fischiettare; strofinò il naso rosso e la barba bagnata sulla manica umida e, strizzando gli occhi, guardò in direzione del mare. Il sole stava sorgendo. Era straordinario vedere la foschia, come si diradava velocemente, fuggiva, si dissolveva dalla bassa pianura, si levava dal *bush* e spariva, quasi avesse fretta di andarsene; grosse spirali e volute si schiacciavano e spingevano l'una contro l'altra, mentre raggi d'argento si espandevano intorno. Il cielo lontano – un azzurro puro, splendente – si rifletteva sulle pozzanghere, e le gocce d'acqua, quasi nuotassero lungo i pali del telegrafo, sfavillavano come punti di luce. Ora il mare, lucido e ondeggiante, era talmente luminoso che faceva male agli occhi guardarlo. Il pastore estrasse dal taschino una pipa, il fornello piccolo quanto una ghianda; frugò cercando un pezzo di tabacco screziato, ne staccò qualche frammento e la riempì. Era un vecchio severo, di bell'aspetto. Quando accese la pipa, e il fumo azzurro gli avvolse la testa, il cane, guardandolo, parve fiero di lui.

"Bee! Bee!". Le pecore si sparpagliarono a ventaglio. Erano già lontane dalla colonia estiva ancor prima che il più mattiniero dei villeggianti si rigirasse e sollevasse dal cuscino la testa pesante; i loro belati risuonarono dentro i sogni dei bambini... che sollevarono le braccia, nel sonno, per stringere e coccolare i cari, lanosi agnellini. Apparve quindi il primo abitante; era Florrie, la gatta dei Burnell, seduta sul pilastro del cancello, molto in anticipo come al solito, ad aspettare la ragazza del latte. Quando scorse il vecchio cane da pastore, saltò su di scatto, inarcò la schiena, ritrasse la testa tigrata e parve scossa da un brivido di fastidio. "Uh! Che creatura volgare e ripugnante!" disse Florrie. Ma il vecchio cane, senza levare lo sguardo, passò ciondolando e buttando le zampe da una parte e dall'altra. Contrasse soltanto un orecchio, a dimostrare che l'aveva notata e che la riteneva una stupida femminuccia.

La brezza del mattino si sollevò sopra il *bush* e l'odore delle foglie e della terra nera bagnata si mescolò con quello pungente del mare. Miriadi di uccelli cantavano. Un cardellino volò sopra la testa del pastore e, posatosi su di un ramoscello, si girò verso il sole arruffando le piccole piume del petto. Ora il gregge aveva oltrepassato la capanna del pescatore, e il piccolo *whare** annerito dove Leila, la ragazza del latte, viveva assieme alla vecchia nonna. Le pecore si dispersero sopra un terreno giallo e paludoso: Wag, il cane da pastore, le seguì, le radunò e le accompagnò verso lo stretto e ripido passaggio roccioso che conduceva fuori da Crescent Bay verso Daylight Cove. "Bee! Bee!". Debole divenne il loro lamento mentre si muovevano ondeggiando lungo la strada che intanto andava asciugandosi rapidamente. Il pastore ripose la pipa nel taschino sul petto, lasciando sporgere il piccolo fornello. E subito riprese a fischiettare il suo motivetto leggero. Wag si mise a correre lungo la scogliera seguendo la scia di un odore, e poi ritornò indietro disgustato. Quindi spintonandosi, urtandosi e procedendo con passo veloce, le pecore percorsero una curva, dietro ad esse il pastore, e scomparvero alla vista.

* Abitazione indigena della Nuova Zelanda. *[n.d.t.]*

CAPITOLO II

Pochi istanti dopo la porta sul retro di uno dei bungalow si aprì, e una figura in costume da bagno a righe si lanciò verso il *paddock**, scavalcò lo steccato, si precipitò attraverso i ciuffi d'erba verso un declivio, risalì la duna sabbiosa e corse di gran lena sulle grandi pietre porose, sopra i freddi ciottoli bagnati e poi sulla sabbia dura che riluceva come olio. Splish splash! Splish splash! L'acqua gorgogliava attorno alle gambe di Stanley Burnell mentre nuotava trionfante. Era il primo in mare, come al solito! Li aveva battuti tutti di nuovo. E si immerse a bagnare la testa e il collo.

"Salve, fratello! Salve a te, onnipotente!". Una profonda voce di velluto giunse echeggiando sopra l'acqua.

Maledizione! Che il diavolo se lo porti! Stanley si sollevò e vide una testa scura che galleggiava in lontananza e un braccio alzato. Era Jonathan Trout – là davanti a lui!

"Mattinata incantevole!" cantò la voce.

"Sì, davvero bella!" rispose Stanley secco. Dannazione, perché quel tipo non se ne stava nella sua

* In Australia e Nuova Zelanda il *paddock* è un prato, di norma recintato, dove far pascolare le pecore o il bestiame. *[n.d.t.]*

parte di mare? Perché doveva venire proprio in quel punto esatto? Stanley diede una pedata, si buttò in avanti e si allontanò nuotando ad ampie bracciate. Ma Jonathan sapeva tenergli testa. Lo raggiunse, i capelli neri lucidi sulla fronte e la barbetta rilucente.

"Ho fatto un sogno straordinario stanotte!" gridò.

Ma che cosa aveva quell'uomo? Questa smania di conversare irritava Stanley oltremodo. Ed erano sempre le stesse cose – sempre qualche sciocchezza in merito a un sogno che aveva fatto, o qualche idea bizzarra che gli era venuta in mente, o qualche stupidaggine che aveva letto. Stanley si girò sulla schiena e sbatté le gambe fino a sembrare una tromba marina. Ma anche allora...

"Ho sognato di essere appeso a una scogliera terribilmente alta, e gridavo a qualcuno sotto di me". Magari fosse vero!, pensò Stanley. Non l'avrebbe sopportato più a lungo. Interruppe gli spruzzi.

"Guarda, Trout", disse, "ho davvero fretta questa mattina".

"Tu hai *cosa*?". Jonathan era così sorpreso – o perlomeno finse di esserlo – che sprofondò sott'acqua per poi riemergere, soffiando fuori l'aria.

"Intendevo dire", rispose Stanley, "che non ho... non ho... non ho tempo da perdere. Finiamola qui. Ho fretta. Ho del lavoro da sbrigare stamattina – capisci?".

Jonathan se ne era andato ancora prima che Stanley avesse finito di parlare. "Ma figurati, amico!" disse gentilmente con la sua voce profonda, e scivolò via sull'acqua senza quasi increspàrla. Accidenti a quel tipo! Aveva rovinato il bagno di Stanley. Che stupido idiota! Stanley si volse di nuovo verso il largo, e poi, sempre velocemente, nuotò fino a riva e risalì di corsa la spiaggia. Si sentiva come derubato.

Jonathan stette un altro po' in acqua. Galleggiava, muovendo leggermente le mani come delle pinne, e lasciando che il mare cullasse il suo corpo lungo e magro. Era strano, ma malgrado tutto voleva bene a Stanley Burnell. È vero, provava a volte il desiderio perverso di provocarlo, di prendersi gioco di lui, ma in fondo Stanley gli faceva compassione. C'era qualcosa di patetico nella sua determinazione a prendere tutto sul serio. Non si poteva fare a meno di pensare che un giorno o l'altro sarebbe stato preso alla sprovvista, e allora che rovina sarebbe stata! In quel momento un'immensa onda sollevò Jonathan, lo oltrepassò e si franse sulla spiaggia con un suono gioioso. Che bellezza! E ora ne giungeva un'altra! Proprio così bisognava vivere – senza preoccupazioni, senza paure, intensamente. Si alzò e iniziò a camminare verso la riva, affondando i piedi nella sabbia compatta e rugosa. Prendere le cose alla leggera, non combattere contro l'alta e la bassa marea della vita, ma lasciarsi trasportare – così bisognava vivere. Questa tensione era tutta sbagliata. Vivere – vivere! E quella mattina perfetta, così dolce e fresca, che si crogiolava nella luce, come se ridesse della propria bellezza, sembrava sussurrare: “Perché no?”.

Appena uscito dall'acqua, però, Jonathan divenne livido per il freddo. Sentiva dolori dappertutto; era come se qualcuno gli strizzasse il sangue dalle vene. E risalendo la spiaggia, tremante, con i muscoli in tensione, anch'egli sentì che il suo bagno era stato rovinato. Era rimasto dentro l'acqua troppo a lungo.

CAPITOLO III

Beryl se ne stava da sola in sala da pranzo quando entrò Stanley, che indossava un abito di serge blu, colletto rigido e cravatta a pois. Aveva un aspetto straordinariamente fresco e pulito; doveva passare la giornata in città. Si lasciò cadere sulla sedia, tirò fuori l'orologio e lo pose accanto al piatto.

"Ho soltanto venticinque minuti" disse. "Puoi controllare se il porridge è pronto, Beryl?".

"È appena andata la mamma" rispose Beryl. Si sedette e gli versò il tè.

"Grazie!". Stanley ne bevve un sorso. "Ma!", disse con tono stupito, "hai dimenticato lo zucchero!".

"Oh, scusami!". Tuttavia nemmeno allora Beryl lo servì: spinse la zuccheriera verso di lui. Cosa significava? Mentre Stanley prendeva da solo lo zucchero, spalancò gli occhi azzurri che parvero tremolare. Diede una rapida occhiata a sua cognata e si abbandonò all'indietro sulla sedia.

"Qualcosa non va?" chiese con noncuranza, toccandosi il colletto.

Beryl, con il capo chino, faceva girare tra le dita il proprio piatto.

"Nulla" disse con la sua voce esile.

Poi alzò lo sguardo e sorrise a Stanley: "Perché me lo chiedi?".

"Oh! Niente, niente. Sembravi un po'...".

In quel momento la porta si spalancò e comparvero le tre bambine, reggendo ognuna un piatto di porridge. Erano vestite allo stesso modo, con magliette e calzoncini azzurri; nude le gambe abbronzate, i capelli raccolti a coda di cavallo. Dietro di loro veniva Mrs. Fairfield con il vassoio.

"Attente, bambine!" si raccomandava. Ma esse ci mettevano già un grande impegno. Erano felici quando consentivano loro di portare qualcosa. "Avete dato il buongiorno a vostro padre?".

"Sì, nonna". Si accomodarono sulla panca di fronte a Stanley e Beryl.

"Buongiorno Stanley". L'anziana Mrs. Fairfield gli porse il suo piatto.

"Buongiorno mamma! Come sta il bambino?".

"Splendidamente! Si è svegliato soltanto una volta questa notte. Che mattina stupenda!". L'anziana signora fece una pausa, la mano appoggiata sopra il pane, per lanciare uno sguardo al giardino, oltre la porta aperta. Si sentiva il suono del mare. Attraverso la finestra spalancata, il sole colpiva le pareti dipinte di giallo e il pavimento nudo. Sopra la tavola, ogni cosa splendeva e luccicava. Al centro c'era una vecchia insalatiera colma di nasturzi gialli e rossi. Sorrise e i suoi occhi brillarono di profonda soddisfazione.

"Potresti tagliarmi una fetta di quel pane, mamma?" chiese Stanley. "Ho soltanto dodici minuti e mezzo prima che passi la carrozza. Per caso qualcuno ha dato le mie scarpe alla domestica?".

"Sì, sono pronte". Mrs. Fairfield era abbastanza tranquilla al riguardo.

"Oh, Kezia! Perché sei una bambina così pasticciona?" gridò Beryl, spazientita.

"Io, zia Beryl?". Kezia la fissò negli occhi. Che cosa aveva fatto ora? Aveva soltanto scavato un fiume al centro del suo porridge, lo aveva riempito di latte, e stava mangiandone gli argini. Ma lo faceva ogni mattina, e nessuno finora aveva mai trovato nulla da ridire.

"Perché non puoi mangiare come si deve, come fanno Isabel e Lottie?". Come sono ingiusti i grandi!

"Ma Lottie fa sempre un'isola galleggiante, non è vero, Lottie?".

"Io no" disse Isabel prontamente. "Io cospargo il mio porridge di zucchero, ci verso il latte e me lo mangio. Solo i bambini piccoli giocano con il cibo".

Stanley spinse indietro la sedia e si alzò.

"Potresti passarmi le scarpe, mamma? E Beryl, se hai finito, desidererei che scendessi al cancello e fermassi la carrozza. Corri dalla mamma, Isabel, e chiedile dove ha messo la mia bombetta. Aspetta un attimo – bambine, avete giocato voi con il mio bastone?".

"No, papà!".

"Ma l'avevo messo qui". Stanley iniziò a dare in escandescenze. "Ricordo perfettamente di averlo lasciato in quest'angolo. Ora, chi l'ha preso? Non c'è tempo da perdere. Cercatelo! Bisogna trovarlo".

Perfino Alice, la domestica, venne coinvolta nella ricerca. "Non è che magari l'hai usato per attizzare il fuoco in cucina?".

Stanley irruppe nella camera da letto dove se ne stava sdraiata Linda. "È incredibile. Non riesco a tenere sotto controllo nessuna delle mie cose. Ora mi hanno fatto sparire il bastone!".

"Il bastone, caro? Che bastone?". L'atteggiamento svanito di Linda in queste occasioni non poteva essere reale, pensò Stanley. Nessuno stava dalla sua parte?

"La carrozza! La carrozza, Stanley!". Le grida di Beryl giungevano dal cancello.

Stanley agitò il braccio verso Linda. "Non ho il tempo per salutarti" urlò. E dicendo questo, intendeva quasi punirla.

Afferrò la bombetta, corse fuori casa e si precipitò lungo il vialetto del giardino. Sì, la carrozza stava aspettando, e Beryl, appoggiata al cancello aperto, rideva come se nulla fosse successo. L'insensibilità delle donne! Il modo in cui davano per scontato che fosse dovere degli uomini lavorare per loro come degli schiavi, mentre esse non si davano nemmeno la pena di assicurarsi che il suo bastone non andasse smarrito! Kelly sfiorò con la frusta il dorso dei cavalli.

"Arrivederci, Stanley" lo salutò Beryl, con voce dolce e gaia. Era facile dire arrivederci, e poi starsene così, pigramente, con la mano a ripararsi gli occhi dal sole. E il peggio era che Stanley doveva ricambiare il saluto, per salvare le apparenze. Poi la vide voltarsi, fare un piccolo salto e dirigersi a precipizio verso casa. Era felice di essersi liberata di lui!

Sì, era contenta. Corse dentro la sala da pranzo e urlò: "Se ne è andato!".

Linda la chiamò dalla sua camera: "Beryl! Stanley è andato?". La vecchia Mrs. Fairfield apparve, in braccio il bambino nella sua camicina di flanella.

"Andato?".

"Andato!".

Oh, che sollievo, che differenza quando l'uomo era fuori casa. Pure le loro voci erano diverse mentre si chiamavano l'un l'altra; avevano un suono caldo e dolce, come se condividessero un segreto. Beryl si fece vicino al tavolo. "Prendi un'altra tazza di tè, mamma. È ancora caldo". Desiderava, in qualche modo, festeggiare il fatto che ora potevano fare quello che volevano. Non c'erano uomini a disturbarle; quella giornata perfetta era tutta per loro.

"No, grazie, piccola" disse l'anziana Mrs. Fairfield, ma il modo in cui, proprio in quel momento, sollevò il bambino dicendogli "e-gus-e-gus-e-ghe!", rivelò che anch'essa provava lo stesso sentimento. Le bambine corsero verso il *paddock* come polli fuggiti dalla stia.

Persino Alice, la domestica, che stava lavando i piatti in cucina, fu contagiata e utilizzò la preziosa acqua proveniente dalla cisterna in modo totalmente sconsiderato.

"Oh, gli uomini!" disse e, immersa la teiera nella tinozza, la tenne sott'acqua finché smise di gorgogliare, come se anch'essa fosse stata un uomo e tutti gli uomini meritassero di finire annegati in quel modo.

CAPITOLO IV

"Aspettami, Isa-bel! Kezia, aspettami!".

Era la povera, piccola Lottie, rimasta indietro, come al solito, perché trovava terribilmente difficile scavalcare lo steccato da sola. Poggiato il piede sul primo piolo, le ginocchia cominciarono a tremarle; si aggrappò al palo. Adesso bisognava portare una gamba dall'altra parte, ma quale? Non sapeva decidersi. E quando finalmente riuscì a portare una gamba dall'altra parte, con uno sforzo disperato, allora la sensazione fu orribile. Si trovava per metà nel *paddock* e per metà nell'erba folta. Afferrò con forza il palo e urlò: "Aspettatemi!".

"No, non aspettarla, Kezia!" disse Isabel. "È davvero una tale stupidina. Fa sempre tante storie. Vieni!". E tirò Kezia per la maglia. "Se vieni con me, puoi usare il mio secchiello" disse con fare gentile. "È più grande del tuo". Ma Kezia non poteva lasciare Lottie tutta sola. Tornò di corsa da lei. Nel frattempo Lottie si era fatta rossa in faccia e respirava con affanno.

"Qui, fai passare l'altro piede" disse Kezia.

"Dove?".

Lottie guardò giù verso Kezia come dall'alto di una montagna.

"Qui, dove c'è la mia mano". Kezia batté con la mano sul punto indicato.

"Oh, vuoi dire *là*?". Lottie tirò un profondo respiro e fece passare l'altro piede.

"Ora, fa' come se dovessi girarti, sederti e lasciarti scivolare" disse Kezia.

"Ma non c'è *nulla* su cui sedersi, Kezia" rispose Lottie.

Alla fine ci riuscì, e una volta passata dall'altra parte si scosse e divenne raggiante.

"Sto diventando brava a scavalcare gli steccati, non trovi, Kezia?".

Lottie era per natura molto ottimista.

Così i due cappellini rosa e azzurro seguirono quello rosso acceso di Isabel su per il pendio liscio e scivoloso. Sulla cima si fermarono per decidere dove andare e per osservare chi stava già lì. Viste da dietro, in piedi contro lo sfondo dell'orizzonte, nelle mani le palette che agitavano qua e là, sembravano piccoli esploratori disorientati.

La famiglia di Samuel Josephs, al completo, si trovava già là con la governante, che stava seduta su una seggiolina pieghevole e manteneva l'ordine grazie a un fischietto che portava legato al collo, e a un piccolo bastone con il quale dirigeva le operazioni. I Josephs non giocavano mai da soli, né decidevano per conto proprio a cosa giocare. Se questo accadeva, andava a finire che i maschi versavano acqua sul collo delle bambine, oppure che le femmine cercavano di infilare dei piccoli granchi neri dentro le tasche dei maschietti. Così Mrs. J. e la povera governante ogni mattina preparavano quello che lei chiamava un "brogramma" per farli "divertire senza compinare guai". Si trattava di gare o corse o giochi di società. Tutto cominciava con un forte richiamo del fischietto della governante e finiva con un altro. Vi erano persino dei premi – grossi pacchi avvolti in una carta un po' sudicia – che la governante, con un sorrisetto acido, estraeva da un voluminoso cesto di corda. I Josephs lottavano valorosamente per i premi e baravano e si davano dei pizzicotti sulle braccia – erano tutti degli esperti in questo campo. L'unica volta che le bambine dei Burnell avevano giocato con loro, Kezia vinse un premio, e quando tolse i tre strati di carta, trovò un piccolo gancio per allacciare le scarpe, arrugginito. Non riusciva a capire perché quei bambini si eccitassero tanto...

Ora, però, non giocavano più con i Josephs, e nemmeno andavano alle loro feste. I Josephs organizzavano sempre delle feste per i bambini della Baia, e ogni volta c'erano le stesse cose da mangiare: una grande terrina di macedonia di frutta scura, panini tagliati in quattro e una caraffa piena di una bevanda che la governante chiamava "limmonata". E, la sera, tornavano a casa con la balza del vestito strappata per metà o con qualche macchia sul davanti del grembiulino ricamato, mentre i Josephs restavano a saltare come selvaggi sul prato. No! Erano proprio monelli.

Dall'altra parte della spiaggia, in riva al mare, due bambini con i calzoni rimboccati si muovevano rapidi come ragnetti. Uno stava scavando una buca, l'altro entrava e usciva dall'acqua, riempiendo un piccolo secchiello. Erano i figli dei Trout, Pip e Rags. Pip era però così impegnato a scavare e Rags ad aiutarlo, che non videro le loro cuginette finché non furono molto vicine.

"Guardate" disse Pip. "Guardate cosa ho trovato". E mostrò loro un vecchio stivale, fradicio e sgangherato. Le tre bambine lo osservarono attentamente.

"Cosa hai intenzione di fartene?" chiese Kezia.

"Me lo tengo, ovvio!". Pip si mostrò sprezzante. "L'ho trovato, capisci?". Certo, Kezia capiva, ma pure...

"Ci sono un sacco di cose sepolte nella sabbia" spiegò Pip. "Sono resti di naufragi. Tesori. Certo, potresti trovare...".

"Ma perché Rags continua a versare l'acqua dentro la buca?" chiese Lottie.

"Oh, è per mantenerla umida", spiegò Pip, "per rendere un po' più facile il lavoro. Continua pure, Rags".

E il buon piccolo Rags correva su e giù, versando l'acqua che diventava marrone color del cacao.

"Ehi, volete che vi mostri cosa ho trovato ieri?" disse Pip con aria misteriosa, e affondò la paletta nella sabbia.

"Promettete di non dirlo a nessuno". Promisero.

"Dite: croce sul cuore".

Le bambine ripeterono. Pip tirò fuori qualcosa dalla tasca, lo strofinò a lungo sul davanti della maglia, poi vi soffiò sopra e lo strofinò di nuovo.

"Ora voltatevi!" ordinò.

Si voltarono.

"Guardate tutte dalla stessa parte! Ferme! Ora!".

E aprì la mano; sollevò verso la luce qualcosa che luccicava, che sfavillava, di un verde superbo.

"È un osmeraldo" dichiarò Pip solennemente.

"Davvero, Pip?". Perfino Isabel era impressionata.

Quella splendida cosa verde sembrava danzare tra le dita di Pip. La zia Beryl aveva un anello con un osmeraldo, ma era piccolissimo. Questo invece era grande come una stella e molto, molto più bello.

CAPITOLO V

Con il passare delle ore, dei gruppi di persone comparivano sulla sommità delle dune e scendevano alla spiaggia per il bagno. Di comune accordo era stabilito che alle undici le donne e i bambini della colonia estiva avessero il mare tutto per loro. Per prime si spogliavano le donne, infilavano i loro costumi da bagno e si coprivano il capo con dei terribili cappellini che parevano delle bustine di spugna; dopodiché si spogliavano i bambini. La spiaggia era cosparsa di mucchietti di vestiti e scarpe; i grandi cappelli da sole, su cui erano state appoggiate delle pietre per impedire che volassero via, sembravano delle immense conchiglie. Era strano, ma persino il mare pareva avere un suono diverso quando tutte quelle creature gioiose e saltellanti si lanciavano correndo tra le onde. L'anziana Mrs. Fairfield, con un vestito di cotone lilla e un cappello nero legato sotto il mento, radunò la sua nidiata e preparò i bambini. I piccoli Trout si tolsero le camicie sfilandole da sopra la testa, e poi tutti e cinque partirono di corsa, mentre la nonna sedeva già con una mano nella borsa del lavoro a maglia, pronta a tirare fuori un gomitolo di lana una volta sicura che i bambini non fossero in pericolo.

Le bambine, dal corpo sodo e compatto, non avevano nemmeno la metà del coraggio dei maschietti dall'aspetto delicato. Pip e Rags, pur tremanti per il freddo, si accovacciavano, davano manate sull'acqua, si buttavano senza esitare mai. Isabella, che invece era capace di fare ben dodici bracciate a nuoto, e Kezia, che ne riusciva a fare quasi otto, si limitavano solamente a seguirli, al ferreo patto che non le spruzzassero. Per quanto riguarda Lottie, lei proprio non li seguiva. Preferiva essere lasciata libera di entrare in acqua a modo suo, grazie. E questo suo modo consisteva nel sedersi sul limite della risacca, con le gambe allungate, le ginocchia strette, e fare dei vaghi movimenti con le braccia come se si aspettasse da un momento all'altro di essere trascinata al largo dalla corrente. Ma quando un'onda più grande e più violenta delle altre giungeva fluttuando nella sua direzione, balzava in piedi con sguardo terrorizzato e fuggiva di corsa verso la spiaggia.

"Guarda, mamma, me li puoi tenere, per favore?".

Due anelli e una catenella d'oro furono lanciati nel grembo di Mrs. Fairfield.

"D'accordo, cara. Ma non farai il bagno qui?".

"Noo" fece Beryl, con voce strascicata, il tono elusivo. "Mi svestirò più in là. Vado a fare il bagno con Mrs. Kember".

"Benissimo". Le labbra di Mrs. Fairfield, però, si contrassero. A lei Mrs. Kember non piaceva, Beryl ne era consapevole.

Povera vecchia mamma, pensò Beryl sorridendo, mentre camminava leggera sopra i ciottoli. Povera vecchia mamma! Vecchia! Oh, che gioia, che beatitudine essere giovani...

"Sembri molto soddisfatta" osservò Mrs. Kember. Se ne stava seduta rannicchiata sopra i ciottoli, le braccia attorno alle ginocchia, e fumava.

"È una giornata così splendida" rispose Beryl, guardandola con un sorriso.

"Oh, mia *cara*!". Il tono di voce di Mrs. Kember dava l'impressione che lei conoscesse ben più di quanto dicesse. Per la verità, dalla sua voce sembrava sempre che lei sapesse qualcosa in più sul tuo conto di quanto non conoscessi tu stesso. Era una donna alta e dall'aspetto particolare, e aveva mani e piedi sottili. Pure il suo viso era lungo e sottile, e dall'aria esausta; perfino la frangia, riccia e bionda, sembrava bruciata e disseccata. Era l'unica donna della Baia a fumare, e fumava incessantemente; teneva la sigaretta tra le labbra anche mentre parlava, e la toglieva solamente quando la cenere diventava così lunga che era impossibile capire come mai non fosse ancora caduta. Quando non stava giocando a bridge – e giocava a bridge ogni singolo giorno della sua vita – passava il tempo distesa alla piena luce del sole. Poteva stare stesa all'infinito, non ne aveva mai abbastanza. E nonostante questo, pareva che quel sole non riuscisse a trasmetterle calore. Inaridita, appassita e fredda, stava sdraiata sui ciottoli come un pezzo di legno trasportato a riva dall'acqua. Le donne della Baia pensavano che fosse molto, molto dissoluta. La sua mancanza di vanità, il suo linguaggio confidenziale, il modo in cui trattava gli uomini come se fosse una di loro, e il fatto che non gliene importasse nulla della propria casa e chiamasse la domestica Gladys "*Glad-eyes*"*, erano una cosa obbrobriosa. In piedi sui gradini della veranda, Mrs. Kember si rivolgeva alla domestica, con la sua voce stanca e indiffe-

* *Glad-eyes* in inglese significa "occhi contenti", "occhi dolci", da qui il gioco di parole con il nome proprio Gladys. *[n.d.t.]*

rente: "Ehi, *Glad-eyes*, lanciami un fazzoletto, sempre che tu ne possegga ancora uno, no?". E *Glad-eyes*, con un fiocco rosso sui capelli al posto della cuffia, e le scarpe bianche, accorreva con un sorriso sfacciato. Era davvero uno scandalo! Del resto, non aveva figli, e suo marito... A questo punto le voci aumentavano sempre di volume, si infervoravano. Come aveva potuto sposarla? Come aveva potuto, come? Doveva essere stato per i soldi, certo, ma comunque!

Il marito di Mrs. Kember era più giovane di lei di almeno dieci anni, ed era così incredibilmente bello da sembrare, più che un uomo, un'opera d'arte o una delle splendide illustrazioni dei romanzi americani. Capelli neri, occhi di un azzurro cupo, labbra rosse, un tranquillo sorriso assonnato; ottimo giocatore di tennis, perfetto ballerino e, oltre tutto, sempre misterioso. Harry Kember era come un sonnambulo. Gli altri uomini non lo potevano soffrire, non riuscivano mai a cavargli una parola di bocca; ignorava la moglie tanto quanto lei ignorava lui. Come viveva? Ovviamente si raccontavano molte storie, e che storie! Semplicemente, non si possono ripetere. Le donne assieme alle quali era stato visto, i posti in cui era stato visto... ma nulla era mai certo, nulla definito. Alcune delle donne della Baia, nel loro intimo, erano convinte che avrebbe commesso un omicidio, un giorno. Sì, persino quando parlavano con Mrs. Kember e squadravano l'orrenda accozzaglia di indumenti che indossava, la immaginavano distesa sulla sabbia come in quel momento, ma fredda, sanguinante, e con la sigaretta ancora piantata all'angolo della bocca.

Mrs. Kember si alzò, fece uno sbadiglio, si slacciò la cintura e tirò la fettuccia della camicetta. Beryl fece scivolare la gonna, lasciò cadere la maglia e rimase dritta in piedi con la corta sottoveste bianca e il corpetto annodato con due fiocchi sulle spalle.

"Santo cielo", esclamò Mrs. Kember, "sei una piccola bellezza!".

"Oh no!" disse Beryl dolcemente; eppure, togliendosi prima una calza e poi l'altra, si sentiva davvero una piccola bellezza.

"Ma cara, perché no?" riprese Mrs. Kember, stando in piedi sulla propria sottoveste. Accidenti, la sua biancheria! Un paio di mutandine di cotone azzurro e un corpetto in tela di lino che poteva ricordare qualcosa come una federa per cuscini. "E tu, tu non porti il busto, vero?". Toccò la vita di Beryl, e Beryl si ritrasse con un balzo, lanciando un gridolino affettato. Poi, "Mai!" rispose con voce decisa.

"Che piccola creatura fortunata" sospirò Mrs. Kember, slacciandosi il suo.

Beryl voltò le spalle e incominciò quelle complicate manovre di chi cerca di togliersi i vestiti e di indossare, contemporaneamente, il costume da bagno.

"Oh, mia cara, non badare a me" disse Mrs. Kember. "Perché sei così timida? Io non ti mangio mica. Non mi scandalizzo certo come quelle sciocchine". E si mise a ridere con quel suo strano riso simile a un nitrito, e fece delle smorfie verso le altre donne.

Beryl però era timida. Non si spogliava mai davanti a nessuno. Era forse una cosa stupida? Mrs. Kember le dava la sensazione che fosse una cosa sciocca, addirittura qualcosa di cui vergognarsi. Perché mai doveva avere soggezione, del resto? Lanciò una rapida occhiata alla sua amica che se ne stava diritta, audacemente, nella sua camicetta sgualcita, accendendosi una nuova sigaretta; e un repentino sentimento di diabolica sfrontatezza si agitò nel suo petto. Ridendo sprezzantemente, tirò su il costume da bagno, floscio e pieno di sabbia, che non era ancora asciutto, e allacciò i bottoni storti.

"Così va già meglio" disse Mrs. Kember. Si apprestarono a scendere insieme verso il mare.

"È davvero un peccato che tu debba indossare dei vestiti, mia cara. Qualcuno te lo dirà, un giorno o l'altro".

L'acqua era piuttosto calda. Era di un azzurro meraviglioso e trasparente, screziato d'argento, ma la sabbia sul fondo sembrava d'oro; quando la si toccava con la punta delle dita dei piedi si sollevava una piccola nuvola di polvere dorata. Ora le onde le arrivavano al petto. Beryl se ne stava in piedi, le braccia spalancate, guardando lontano, e ad ogni onda che sopraggiungeva faceva un piccolissimo salto, cosicché sembrava che fosse l'onda stessa a sollevarla dolcemente.

"Io sono del parere che le belle ragazze debbano divertirsi" disse Mrs. Kember. "Perché no? Non fare questo errore, mia cara. Divertiti". E all'improvviso si immerse, scomparve alla vista, e si allontanò nuotando velocemente, rapida come un topo. Poi si voltò e tornò indietro, nuotando. Le stava per dire qualcos'altro. Beryl si rese conto che quella donna fredda la stava avvelenando, e tuttavia voleva ascoltare quello che aveva da dirle. Ma oh, che cosa strana, orribile! Mentre Mrs. Kember si faceva sempre più vicina, nella sua cuffia nera di tela impermeabile, con la faccia assonnata che emergeva e soltanto il mento a filo dell'acqua, sembrava un'orrenda caricatura del marito.

CAPITOLO VI

Allungata su una sedia a sdraio, sotto una *manuka** che cresceva nel mezzo del prato davanti a casa, Linda Burnell passava tutta la mattinata a sognare. Non faceva nulla. Guardava in alto alle foglie scure e secche della *manuka*, alle chiazze d'azzurro che s'intravedevano tra una foglia e l'altra, mentre di tanto in tanto un minuscolo fiore giallo le cadeva in grembo. Bello – sì, se si tiene uno di quei fiori sul palmo della mano e lo si guarda da vicino, è davvero un piccolo capolavoro. Ogni singolo petalo, di un colore giallo pallido, brillava come se fosse il risultato dell'opera accurata di una mano amorevole. Il minuscolo pistillo al centro dava al fiore la forma di una campana. E quando lo si voltava, l'esterno era di un intenso color bronzo. Ma non appena sbocciavano, quei fiori cadevano e si dissolvevano a terra. Bisognava scrollarli dagli abiti, se ci si fermava a parlare sotto quegli alberi; si impigliavano pure nei capelli. Ma perché, allora, sbocciavano? Chi si prendeva la pena – o la gioia – di creare tutte queste cose se poi andavano sprecate, sprecate... Era un mistero.

* Termine maori con cui si indica il *Leptospermum scoparium*, un arbusto originario della Nuova Zelanda. *[n.d.t.]*

Sull'erba accanto a lei, adagiato tra due cuscini, stava il bambino. Dormiva profondamente con la testa girata nella direzione opposta alla madre. I suoi bei capelli scuri sembravano un'ombra più che dei veri capelli, ma il suo orecchio era di un color corallo intenso e profondo. Linda intrecciò le mani sopra la testa e incrociò i piedi. Era una sensazione piacevole sapere che tutti quei bungalow erano vuoti, che tutti erano scesi alla spiaggia, e non li poteva né vedere né sentire. Aveva il giardino completamente per sé; era sola.

I garofani risplendevano di riflessi bianchi; le calendule dagli occhi d'oro luccicavano; i nasturzi avviluppavano le colonne della veranda con fiammelle verde-oro. Se solo si avesse il tempo di guardare abbastanza a lungo questi fiori, il tempo di andare oltre al senso di novità e stranezza, il tempo di conoscerli davvero! Ma non appena ci si sofferma a separarne i petali, a scoprire la parte inferiore della foglia, allora sopraggiunge la Vita e si viene travolti. E Linda, stesa sulla sdraio di vimini, si sentiva così leggera; si sentiva leggera come una foglia. Allora giungeva la Vita come un vento e lei ne veniva afferrata e scossa; doveva andare avanti. Oh Dio, sarebbe stato sempre così? Non c'era scampo?

...Ora sedeva nella veranda della loro casa in Tasmania, appoggiata alle ginocchia del padre. E lui prometteva: "Non appena tu ed io saremo vecchi abbastanza, Linny, ce ne andremo da qualche parte, scapperemo. Come due ragazzi, insieme. Mi piacerebbe risalire un fiume in Cina". Linda vedeva il fiume, molto largo, ricoperto di piccole zattere e barche. Vedeva i cappelli gialli dei barcaioli e sentiva le loro voci, acute e sottili, mentre gridavano...

"Sì, papà".

In quel momento, però, un giovane uomo, molto robusto e dai capelli di un rosso acceso, passò a piedi lentamente davanti alla loro casa, e sempre lentamente, quasi con aria solenne, si tolse il cappello. Il padre di Linda le tirò l'orecchio per stuzzicarla, come era solito fare.

"Il tuo innamorato, Linda" bisbigliò.

"Oh, papà, pensa se sposassi Stanley Burnell!".

Bene, lo aveva sposato. E per di più lo amava. Non lo Stanley che tutti gli altri vedevano, non quello di tutti i giorni, ma uno Stanley timido, sensibile, innocente, che s'inginocchiava tutte le sere a recitare le sue preghiere, e che desiderava essere buono. Stanley era un uomo semplice. Se credeva in qualcuno – come credeva in lei, ad esempio – lo faceva con tutto il cuore. Non riusciva a essere sleale, non sapeva raccontare una bugia. E quanto terribilmente soffriva se pensava che qualcuno – lei – non fosse totalmente onesto, completamente sincero con lui! "Questo è incomprensibile per me!". Pronunciava tali parole, e il suo aspetto vulnerabile, tremante e sconvolto lo faceva assomigliare a un animale in trappola.

Ma il guaio era – e qui a Linda veniva quasi da ridere, sebbene lo sapeva Iddio come fosse una cosa tutt'altro che allegra – che lei vedeva il *suo* Stanley molto raramente. C'erano barlumi, attimi, piccole pause di quiete, ma per tutto il resto del tempo sembrava quasi di vivere in una casa che inevitabilmente prima o poi avrebbe preso fuoco, sembrava quasi di stare su una nave destinata a naufragare ogni giorno. Ed era sempre Stanley a stare dove il pericolo era più grave. Lei spendeva tutto il suo tempo a salvarlo, a confortarlo, a calmarlo, ad ascoltare la sua versione dei fatti. E il poco che le rimaneva lo passava nel terrore di avere altri bambini.

Linda aggrottò le sopracciglia; si raddrizzò velocemente sulla sedia a sdraio e si prese le caviglie tra le mani. Sì, questo era ciò per cui portava un vero risentimento nella vita; questo era quello che non riusciva a comprendere. Questo era l'interrogativo che continuava a porsi, aspettando invano una risposta. Era facile affermare che fosse il destino comune delle donne mettere al mondo dei figli. Ma non era vero. Lei, dal canto suo, poteva provare che era falso. La maternità l'aveva distrutta, indebolita, il suo vigore era svanito. E ciò che rendeva la cosa doppiamente penosa era che lei non amava i suoi bambini. Era inutile fingere. Anche se ne avesse avuto la forza, non si sarebbe mai presa cura né avrebbe mai giocato con le figlie. No, era come se un soffio freddo l'avesse raggelata ancora e ancora, durante ciascuno di quei terribili viaggi; non le era rimasto alcun calore da donare loro. E per quanto riguardava il bambino, beh, grazie al Cielo, se ne occupava la mamma; apparteneva alla mamma, a Beryl, a chiunque lo volesse. Lei lo aveva raramente tenuto tra le braccia. Le era così indifferente che, ora che giaceva lì accanto… Linda guardò verso il basso.

Il piccolo si era girato. Era sdraiato con il viso rivolto verso di lei, e non dormiva più. I suoi occhi di bambino, di un azzurro profondo, erano aperti; pareva che stesse spiando la madre. E all'improvviso il volto gli si ricoprì di fossette, e si ruppe in un sorriso, largo e sdentato, un vero raggio di luce, nientemeno.

"Sono qui!" sembrava dire quel sorriso felice. "Perché non ti piaccio?".

Vi era qualcosa di così strano, di inaspettato, in quel sorriso che anche Linda si ritrovò a ricambiarlo. Ma subito si ricompose e disse, freddamente: "Non mi piacciono i bambini".

"Non ti piacciono i bambini?". Il piccolo non poteva crederle. "Non ti piaccio *io*?". Agitò buffamente le braccia verso la madre.

Linda, dalla sedia a sdraio, si lasciò cadere sull'erba.

"Perché continui a sorridere?" chiese con tono severo. "Se sapessi a cosa stavo pensando, non lo faresti affatto".

Ma lui strizzò gli occhi maliziosamente, e rotolò la testa sul cuscino. Non credeva a una sola parola.

"Sappiamo tutto al riguardo!" sorrise il bambino.

Linda si sorprese della fiducia che nutriva quella piccola creatura... Ah no, sii sincera. Non era questo che provava; era qualcosa di molto diverso, qualcosa di così nuovo, così... Le lacrime le danzavano dentro gli occhi; con un soffio di voce, sussurrò al bambino: "Ciao, buffoncello mio!".

Il bimbo, tuttavia, aveva già dimenticato la madre. Era tornato serio. Qualcosa di rosa, e soffice, ondeggiava davanti ai suoi occhi. Cercò di afferrarlo e immediatamente scomparve. Quando, però, ricadde all'indietro, ne apparve un altro, identico al primo. Questa volta decise di prenderlo. Fece uno sforzo tremendo ma rotolò dall'altra parte.

CAPITOLO VII

La marea era bassa; la spiaggia deserta; il mare tiepido ondeggiava pigramente. I raggi del sole battevano, battevano caldi e ardenti sulla sabbia fine, arroventando i ciottoli venati di grigio e azzurro e nero e bianco. Il sole succhiava la gocciolina d'acqua che si fermava nelle cavità delle conchiglie incurvate; faceva scolorire i convolvoli rosa che serpeggiavano attraverso le dune. Nulla pareva muoversi, ad eccezione delle piccole pulci di mare. Pit pit pit! Non stavano mai ferme.

Laggiù, tra gli scogli ricoperti d'alghe che guardavano la bassa marea simili a delle bestie pelose discese fino all'acqua per abbeverarsi, la luce del sole baluginava come fosse una moneta d'argento caduta in ciascuna delle piccole pozze d'acqua tra le rocce: l'acqua danzava, tremolava, e minuscole increspature bagnavano i bordi porosi. Guardandola dall'alto, curvandosi sopra di essa, ogni pozza assomigliava a un lago con case rosa e azzurre strette a grappoli sulle sponde; e che meraviglia la vasta regione montuosa al di là di quelle case – i burroni, i valichi, le insenature pericolose e gli spaventosi sentieri che conducevano al bordo dell'acqua. Al di sotto ondeggiava la foresta marina – alberi rosa filiformi, anemoni di velluto e alghe arancioni punteggiate di bacche. Talvolta una pietra sul fondo si muoveva, rotolava, e appariva un tentacolo nero; talvolta una creatura sottile passava fluttuando e poi spariva. Stava accadendo qualcosa a quegli alberi rosa, ondeggianti; cambiavano colore e diventavano di un freddo azzurro lunare. E poi si sentiva un debole "plop". Chi aveva prodotto quel rumore? Cosa stava succedendo laggiù? E quanto forte, quanto umido era l'odore delle alghe sotto il sole cocente...

Le persiane verdi dei bungalow della colonia estiva erano abbassate. Nelle verande, distesi sull'erba del *paddock*, appesi agli steccati vi erano costumi da bagno dall'aria stremata e ruvidi asciugamani a righe. Ciascuna finestra sul retro aveva un paio di sandali sul davanzale e dei mucchietti di sassi o un secchiello o una collezione di conchiglie di *pawa**. Il *bush* tremolava nella foschia provocata dalla calura; la strada di sabbia era deserta tranne che per la presenza di Snooker, il cane dei Trout, che stava sdraiato proprio nel mezzo. L'occhio azzurro rivolto al cielo, e le zampe rigide allungate, lanciava di tanto in tanto uno sbuffo dal suono disperato, come se volesse comunicare che aveva deciso di farla finita e che stava soltanto attendendo il passaggio di qualche carro caritatevole.

"Cosa stai guardando, nonna? Perché continui a fermarti e a fissare il muro?".

* Nome maori di un mollusco tipico della Nuova Zelanda, appartenente alla famiglia degli aliotidi, detti anche orecchie di mare o abaloni. *[n.d.t.]*

Kezia e la nonna stavano facendo il loro riposino pomeridiano, insieme. La bambina, che indossava solamente un paio di mutandine e il corpetto, le braccia e le gambe nude, era adagiata su uno dei gonfi cuscini del letto della nonna, mentre l'anziana signora, che indossava una vestaglia bianca a pieghe, stava seduta su una sedia a dondolo vicino alla finestra, e teneva in grembo una lunga striscia di maglia rosa lavorata ai ferri. La stanza che dividevano, come tutte le altre del bungalow, aveva le pareti di legno chiaro verniciato e il pavimento nudo. I mobili erano dei più semplici e disadorni. Il tavolino da toeletta, ad esempio, era una cassa ricoperta da una sottogonna di mussolina a fiorellini, e lo specchio poggiato sopra aveva un aspetto davvero curioso: era come se vi fosse imprigionato un piccolo fulmine biforcuto. Sul tavolo trovavano posto un vaso di armèrie, così strette l'una all'altra da assomigliare a un puntaspilli di velluto, e una conchiglia speciale che Kezia aveva regalato alla nonna per usarla come portaspilli, e un'altra, ancora più speciale, che le era parso fosse adatta a diventare un portaorologio.

"Dimmelo, nonna" fece Kezia.

L'anziana donna sospirò, arrotolò due volte il filo di lana attorno al pollice e vi fece entrare il ferro di osso. Stava aggiungendo delle maglie.

"Pensavo a tuo zio William, mia cara" rispose dolcemente.

"Lo zio William australiano?" chiese Kezia. Ne aveva un altro.

"Sì, certo".

"Quello che non ho mai visto?".

"Proprio lui".

"Ho capito. Cosa gli è successo?". Kezia lo sapeva perfettamente, ma voleva sentirselo raccontare di nuovo.

"Andò in miniera, prese un colpo di sole e morì" disse l'anziana Mrs. Fairfield.

Kezia sbatté le palpebre e rivide ancora la scena... Un piccolo uomo caduto come un soldatino di piombo, accanto a un grande buco nero.

"Ti rende triste pensare a lui, nonna?". Kezia odiava vedere la nonna triste.

Ora toccava alla donna riflettere. La rendeva triste? Guardare indietro, indietro. Ripensare agli anni passati, come Kezia l'aveva vista fare. Guardare ad *essi* come è solita una donna, dopo che è passato talmente tanto tempo. La rendeva triste? No, così era la vita.

"No, Kezia".

"Ma perché?" domandò Kezia. Sollevò un braccio nudo e iniziò a disegnare figure nell'aria. "Perché lo zio William è morto? Non era vecchio".

Mrs. Fairfield cominciò a contare le maglie a tre a tre. "È andata così" disse, con voce assorta.

"Tutti devono morire?" chiese Kezia.

"Tutti!".

"*Anch'io*?". La voce di Kezia suonò sgomenta e incredula.

"Un giorno, mia cara".

"Ma, nonna". Kezia faceva ondeggiare la gamba sinistra e mosse le dita del piede: erano sporche di sabbia. "E se io non volessi?".

L'anziana signora sospirò ancora e srotolò un lungo filo dal gomitolo.

"Nessuno chiede il nostro parere, Kezia" disse tristemente. "Capita a tutti noi, prima o poi".

Kezia giaceva immobile ripensando a quelle parole. Lei non voleva morire. Significava dover lasciare quel posto, lasciare tutto, per sempre, lasciare – lasciare la sua nonna. Si girò bruscamente.

"Nonna" disse con voce spaventata.

"Cosa, cucciola mia!".

"*Tu* non devi morire". Kezia era davvero molto determinata.

"Ah, Kezia". La nonna alzò gli occhi, sorrise e scosse la testa. "Non parliamo di queste cose".

"Ma non devi. Non puoi abbandonarmi. Non puoi andartene". Era terribile. "Promettimi che non lo farai mai, nonna" supplicò Kezia.

L'anziana signora continuava a lavorare a maglia.

"Promettimelo! Di' mai!".

Ma la nonna rimase in silenzio.

Kezia si lasciò scivolare giù dal letto; non poteva sopportare quella situazione ancora a lungo, così saltò leggera sulle ginocchia della nonna, le si aggrappò con le mani al collo e iniziò a darle baci, sotto il mento, dietro l'orecchio, e a soffiarle sulla nuca.

"Di' mai... di' mai... di' mai..." ripeteva, respirando con affanno tra un bacio e l'altro. E poi cominciò, leggermente e con dolcezza, a fare il solletico alla nonna.

"Kezia!". L'anziana signora lasciò cadere il lavoro a maglia. Si abbandonò all'indietro sulla sedia a dondolo. Iniziò a sua volta a fare il solletico a Kezia.

"Di' mai... di' mai... di' mai..." farfugliava Kezia, mentre se ne stavano là distese, ridendo, l'una nelle braccia dell'altra.

"Dai, ora basta, scoiattolina mia! Basta, cavallina selvaggia!" esclamò l'anziana Mrs. Fairfield, mettendosi a posto la cuffia. "Su, raccoglimi il lavoro a maglia".

Entrambe avevano scordato a cosa si riferisse quel "mai".

CAPITOLO VIII

Il sole era ancora a picco sopra il giardino quando la porta sul retro di casa Burnell si chiuse con un colpo, e una persona prese a scendere allegramente il vialetto che portava al cancello. Era Alice, la domestica, ben agghindata per il suo pomeriggio libero. Indossava un vestito di cotone bianco con dei pois rossi, così grandi, e così tanti, da far venire i brividi, scarpe bianche e un cappello di paglia, a tesa ripiegata all'insù, adornato di papaveri. Naturalmente calzava i guanti, bianchi, macchiati di ruggine sui ganci, e in una mano teneva un parasole molto malconcio che lei chiamava "il mio parasciole".

Beryl, che se ne stava seduta alla finestra sventolandosi i capelli appena lavati, pensò che non aveva mai visto un tipo simile. Se, prima di uscire, Alice si fosse annerita il viso con un pezzo di sughero, il quadro sarebbe stato completo. E dove se ne andava una ragazza come lei in un posto come quello? Il ventaglio delle Fiji a forma di cuore agitava l'aria, sdegnoso, intorno alla bella chioma lucente. Beryl suppose che Alice avesse trovato qualche orribile individuo e che stessero andando ad appartarsi nel *bush*. Peccato che si fosse vestita in maniera così vistosa; avrebbero fatto una gran fatica a nascondersi con Alice abbigliata a quel modo.

Ma no, Beryl era ingiusta. Alice stava andando a prendere un tè da Mrs. Stubbs, che le aveva mandato un "invito" tramite il ragazzo che si occupava delle consegne. Mrs. Stubbs le era stata subito simpatica, fin dalla prima volta in cui era entrata nel suo negozio per prendere un rimedio contro le zanzare.

"Povera cara!" aveva esclamato Mrs. Stubbs battendosi la mano sul fianco. "Non ho mai visto nessuno così mangiato. Potresti essere stata attaccata dai caniboli".

Alice, però, avrebbe desiderato che per la strada ci fosse un po' di vita. La faceva sentire a disagio non avere nessuno alle spalle. La faceva sentire debole, senza spina dorsale. Non poteva credere che non ci fosse nessuno a osservarla. E tuttavia era stupido voltarsi; si sarebbe tradita. Tirò su i guanti, iniziò a canticchiare fra sé e disse al lontano eucalipto: "Ormai ci siamo". Ma ciò non fu di grande compagnia.

Il negozio di Mrs. Stubbs era appollaiato su una collinetta, appena fuori dalla strada. Aveva due grandi finestre come occhi, un'ampia veranda come cappello, e l'insegna sul tetto, su cui era scarabocchiata la scritta MRS. STUBBS'S, sembrava un biglietto attaccato di traverso nel nastro del cappello.

Nella veranda era appesa una lunga fila di costumi da bagno, così addossati gli uni agli altri da sembrare appena recuperati dal mare piuttosto che pronti per entrarci, e accanto pendeva un grappolo di sandali mescolati fra loro in un modo così assurdo che se ne volevi prendere un paio dovevi separarne con la forza almeno cinquanta. E anche allora sarebbe stato difficile trovare il sinistro da appaiare con il suo destro. Molte persone avevano perso la pazienza e se ne erano andate con una scarpa della giusta misura e un'altra che era invece troppo grande... Mrs. Stubbs si vantava di tenere un po' di tutto. Le due vetrine erano riempite da piramidi precarie di mercanzia, così fitte e così alte che pareva che soltanto una magia potesse impedire loro di cadere. Sull'angolo a sinistra di una vetrina, incollato al vetro con quattro caramelle gommose, c'era – e si trovava lì da tempo immemorabile – un avviso:

SMARRITA! BELA SPILLA DORO
DORO MASSICCIO
SULLA SPIAGIA O VICINO
OFFRESI RICOMPENSA

Alice spinse la porta. Il campanello tintinnò, le tende di serge rosso si aprirono e comparve Mrs. Stubbs. Col suo sorriso aperto e il lungo coltello da prosciutto in una mano, assomigliava a un brigante bonaccione. Alice fu accolta con così tanto calore che fece fatica a mantenere il "contegno", che consisteva in colpetti di tosse discreti e continui, piccoli ehm ehm, in tiratine ai guanti, aggiustatine alla gonna, e in una curiosa difficoltà nel vedere ciò che le veniva posato davanti o nel capire quello che le veniva detto.

Il tè era preparato sulla tavola del salottino – prosciutto, sardine, un panetto intero di burro, e una focaccia di granoturco così grande che sembrava la pubblicità per qualche marca di lievito. Il fornello Primus ruggiva così forte che era impossibile cercare di sovrastare tale rumore con la voce. Alice sedette sul bordo di una sedia di vimini mentre Mrs. Stubbs alzava ancora di più il fornello. All'improvviso Mrs. Stubbs sollevò il cuscino da una sedia e scoprì un grosso pacco di carta marrone.

"Mi sono fatta fare delle nuove fotograffie, mia cara" gridò con entusiasmo ad Alice. "Dimmi cosa ne pensi".

Con un gesto distinto e delicato, Alice si inumidì il dito e scostò la velina dalla prima fotografia. Dio mio! Quante ce n'erano! Saranno state almeno tre dozzine. Sollevò verso la luce quella che teneva in mano.

Mrs. Stubbs sedeva su una poltrona, tutta chinata su un fianco. Sul suo volto largo vi era un'espressione di serena meraviglia, e proprio così doveva essere. Infatti, nonostante la poltrona poggiasse su un tappeto, alla sua sinistra precipitava una cascata che ne sfiorava miracolosamente il bordo. Alla sua destra c'era una colonna greca tra due felci gigantesche, e sullo sfondo torreggiava una montagna desolata, pallida di neve.

"Lo stile è bello, non trovi?" gridò Mrs. Stubbs; e Alice fece appena in tempo a urlare di rimando: "Delizioso", che il ruggito del fornello Primus si attenuò, si affievolì, cessò, e poi ella disse: "Carino", in un pauroso silenzio.

"Avvicina la sedia, mia cara" disse Mrs. Stubbs, iniziando a versare il tè.

"Sì", proseguì pensierosa, mentre le porgeva la tazza, "ma non badare al formato. Farò fare un grandimento. Andranno molto bene per i biglietti di auguri natalizi. Del resto non sono mai stata il tipo da fotograffie piccole. Non danno soddisfazione. A dire la verità, le trovo deprimmenti".

Alice capiva abbastanza quello che intendeva dire.

"Grandi" continuò Mrs. Stubbs. "Datemi cose grandi. Lo ripeteva sempre la buonanima di mio marito. Non poteva sopportare le cose piccole. Gli facevano venire i brividi. E, potrebbe sembrare strano, mia cara", e qui Mrs. Stubbs cigolò e parve dilatarsi al ricordo, "è stato un edema che l'ha portato via alla fine. Molte volte gli hanno drenatto quasi un litro allo spedale... Sembrava davvero una punnizione divina".

Alice bruciava dal desiderio di sapere esattamente cosa fosse stato drenato dall'uomo. Osò: "Suppongo fosse acqua".

Ma Mrs. Stubbs fissò Alice con quegli occhi e replicò con fare eloquente: "Era *liquido*, mia cara".

Liquido! Alice saltò via come un gatto da quella parola e poi si riavvicinò, fiutando diffidente.

"Ecco, questo è lui!" disse Mrs. Stubbs, e indicò con gesto teatrale il busto a grandezza naturale di un uomo massiccio con una rosa bianca appassita infilata nell'occhiello del cappotto, che faceva pensare a un grumo di grasso rappreso. Più sotto, in lettere argentate su un fondo di cartone rosso, c'erano queste parole: "Non aver paura, sono me".

"Che bel viso..." disse Alice, con voce lieve.

Il fiocco azzurro pallido in cima ai capelli crespi e biondi di Mrs. Stubbs ebbe un fremito. Piegò il collo grassoccio. Che collo aveva! All'attaccatura era di un rosa vivace e poi mutava in un caldo albicocca, quindi sbiadiva nel colore di un uovo scuro e infine in una sfumatura crema intenso.

"Tuttavia, mia cara", disse inaspettatamente, "è

meglio la libertà!". La sua risatina soffice e grassa assomigliava alle fusa di una gatta. "È meglio la libertà!" ripeté Mrs. Stubbs.

Libertà! Alice diede un risolino sciocco e acuto. Non si sentiva a proprio agio. Col pensiero volò alla sua cucina. Che cosa strana! Avrebbe preferito trovarsi già là.

CAPITOLO IX

Dopo il tè, una bizzarra compagnia si era riunita nella lavanderia dei Burnell. Attorno al tavolo erano seduti un toro, un gallo, un asino che continuava a dimenticarsi di essere un asino, una pecora e un'ape. La lavanderia era il luogo ideale per tale riunione perché potevano fare tutto il rumore che volevano, e nessuno li avrebbe interrotti. Si trattava di un piccolo capanno di lamiera, discosto dai bungalow. Contro la parete vi era una profonda tinozza e nell'angolo una caldaia di rame con sopra un cesto pieno di mollette per la biancheria. Sul davanzale polveroso della finestrella, sommersa dalle ragnatele, erano appoggiati un mozzicone di candela e una trappola per topi. Sopra la testa si incrociavano i fili del bucato e, appeso a un chiodo sul muro, c'era un grande, enorme ferro di cavallo arrugginito. Il tavolo stava al centro della stanza, e aveva una panca per lato.

"Non puoi essere un'ape, Kezia. L'ape non è un animale. È un ninsetto".

"Oh, ma io voglio davvero fare l'ape, davvero" piagnucolò Kezia... Una piccola ape, tutta col pelo giallo, e le zampe a righe. Ritrasse le gambe sotto di sé e si piegò in avanti sopra il tavolo. Si sentiva davvero un'ape.

"Un ninsetto deve essere per forza un animale" disse lei con fermezza. "Fa un verso, non è come un pesce".

"Io sono un toro, io sono un toro" urlò Pip; e lanciò un muggito così tremendo – ma come aveva fatto a produrlo? – che Lottie si mostrò abbastanza impaurita.

"Io sarò una pecora" affermò il piccolo Rags. "Questa mattina è passato un intero gregge di pecore".

"Come fai a saperlo?".

"Papà le ha sentite. Bee!". La sua voce pareva quella dell'agnellino che, trotterellando, segue il gregge e sembra attendere di essere preso in braccio.

"Chicchirichì!" strillò Isabel. Assomigliava proprio a un gallo, con le sue guance rosse e gli occhi lucenti.

"E io che cosa faccio?" domandava a tutti Lottie, e se ne stava seduta, sorridendo, in attesa che gli altri decidessero per lei. Doveva essere un animale facile.

"Fa' l'asino, Lottie". Fu Kezia a suggerirlo. "Hi-ho! Non puoi scordarlo!".

"Hi-ho!" fece Lottie solennemente. "Quando devo dirlo?".

"Te lo spiegherò io, te lo spiegherò io" disse il toro. Era lui ad avere le carte in mano. Le fece girare attorno alla testa. "Zitti tutti! Ascoltate!". Aspettò che facessero silenzio. "Guarda qui, Lottie". Voltò una carta. "Ha due puntini, vedi? Ora, se metti questa carta in mezzo al tavolo e qualcun altro ne ha una con due puntini, devi dire 'Hi-ho', e la carta sarà tua".

"Mia?". Lottie sgranò gli occhi. "La posso tenere?".

"No, stupida. Solo per la partita, capito? Solo finché giochiamo". Il toro era proprio arrabbiato con lei.

"Oh, Lottie, sei *davvero* una stupidina" disse sdegnoso il gallo.

Lottie li guardò entrambi. Poi chinò la testa e il labbro iniziò a tremarle. "Non voglio giocare più" sussurrò. Gli altri si lanciarono delle occhiate, come cospiratori. Tutti sapevano bene cosa significasse. Voleva dire che se ne sarebbe andata e poi l'avrebbero trovata da qualche parte con la testa nascosta sotto il grembiulino, in un angolo, o contro un muro, o perfino dietro a una sedia.

"Sì invece, giocherai Lottie. È facile" disse Kezia.

E Isabel, pentita, aggiunse, col tono che avrebbe assunto un adulto: "Guarda me, Lottie, e imparerai in un attimo".

"Coraggio, Lot" disse Pip. "Guarda, so come fare. Darò a te la prima carta. Sarebbe mia, in verità, ma la do a te. Eccola". E gettò la carta davanti a Lottie.

Lottie, a quel gesto, si rianimò. Ma ora si trovava a dover affrontare un'altra difficoltà. "Non ho il fazzoletto", disse, "e ne ho davvero un bisogno terribile".

"Ecco, Lottie, puoi usare il mio". Rags infilò la mano nella sua giubba da marinaio e tirò fuori un fazzoletto bagnato e stretto con un nodo.

"Sta' molto attenta" la avvertì. "Usa soltanto quell'angolino e non disfarlo. All'interno c'è una piccola stella marina che ho intenzione di addomesticare".

"Oh, forza, ragazze" fece il toro. "E ricordatevi, non dovete guardare le vostre carte. Dovete tenere le mani sotto il tavolo finché non vi do il via".

Le carte vennero distribuite sul tavolo. I bambini cercavano in ogni modo di sbirciare, ma Pip era troppo veloce per loro. Era davvero eccitante starsene seduti lì, nella lavanderia; e fecero l'impossibile per non emettere d'un fiato i loro versi, tutti insieme, prima che Pip avesse finito di dare le carte.

"Ora, Lottie, comincia tu".

Lottie timidamente allungò una mano, prese la prima carta del suo mazzetto, la guardò per bene – era evidente che stava contando i puntini – e poi la rimise giù.

"No, Lottie, non puoi farlo. Non devi guardarla prima. Devi solamente girarla".

"Ma allora tutti gli altri la vedranno quando la vedo io" disse Lottie.

Il gioco continuava. Muuuuu! Il toro era terribile. Saliva sul tavolo come se volesse mangiarsi le carte.

Bzz! faceva l'ape.

Chicchirichì! Isabel, nell'eccitazione per la partita, si alzava e muoveva i gomiti come se fossero ali.

Bee! Il piccolo Rags mise giù il Re di Quadri e Lottie invece quello che loro chiamavano il Re di Spagna. La bambina aveva quasi terminato le sue carte.

"Perché non fai il tuo verso, Lottie?".

"Ho dimenticato che animale sono" disse l'asino miseramente.

"Bene, allora cambia! Fa' il cane! Bau bau!".

"Oh, sì. Questo è *molto* più facile". Lottie sorrise di nuovo. Ma quando lei e Kezia si trovarono a girare entrambe un asso, Kezia attese di proposito. Gli altri fecero segnali a Lottie, indicando le carte.

Lottie diventò rossa in viso; sembrava confusa, poi finalmente disse: "Hi-ho! Ke-zia".

"Sssh! Aspettate un attimo!". Erano nel momento clou della partita quando il toro li interruppe, sollevando una mano. "Che cos'è? Cos'è questo rumore?".

"Quale rumore? Che vuoi dire?" domandò il gallo.

"Sssh! Zitti! Ascoltate!". Il silenzio era tale che non si sentiva volare una mosca.

"Penso di aver sentito come... come se qualcuno avesse bussato" disse il toro.

"Com'era?" chiese la pecora sommessamente.

Nessuna risposta.

L'ape ebbe un brivido. "Per quale motivo abbiamo chiuso la porta?" domandò a bassa voce. Oh, perché, perché avevano chiuso la porta?

Mentre erano intenti a giocare, il giorno era declinato; il superbo tramonto aveva incendiato il cielo e poi si era spento. E ora le ombre avanzavano veloci sul mare, sopra le dune e sul *paddock*. Faceva paura guardare negli angoli della lavanderia, eppure bisognava guardarci facendosi forza. Da qualche parte, lontano, la nonna stava accendendo una lampada. Le persiane erano state abbassate; il fuoco della cucina riverberava sui barattoli posti sopra la mensola del caminetto.

"Sarebbe terrificante, ora", disse il toro, "se un ragno cadesse dal soffitto sopra la tavola, vero?".

"I ragni non cadono dal soffitto".

"Sì invece. La nostra Min ci ha detto che una volta ha visto un ragno grande come un piattino, ricoperto da dei peli lunghi come quelli dell'uva spina".

Subito tutte le testoline si rivolsero a guardare il soffitto; i corpicini si avvicinarono e si strinsero l'uno all'altro.

"Perché non è venuto nessuno a chiamarci?" piagnucolò il gallo.

Oh, quegli adulti, seduti belli comodi, alla luce della lampada, a ridere e a bere il tè! Si erano dimenticati di loro. No, non li avevano proprio dimenticati. Questo significava quel sorriso che avevano sulle labbra: avevano deciso di proposito di lasciarli là da soli.

All'improvviso Lottie lanciò un urlo così penetrante che tutti gli altri balzarono in piedi e si misero, anch'essi, a urlare. "Una faccia! Una faccia ci sta guardando!" strillò Lottie.

Era vero, era così. Schiacciato contro la finestra c'era un volto pallido, gli occhi scuri, la barba nera.

"Nonna! Mamma! Qualcuno!".

Ma non avevano ancora raggiunto la porta, rotolando gli uni sugli altri, che questa si spalancò e apparve lo zio Jonathan. Era venuto a prendere i bambini e a portarli a casa.

CAPITOLO X

Nelle sue intenzioni sarebbe dovuto arrivare prima, ma nel giardino davanti alla casa aveva incontrato Linda che camminava su e giù sul prato, soffermandosi ogni tanto a raccogliere un garofano morto o a dare ad un altro, reclinato, un sostegno su cui appoggiarsi; oppure a respirare a pieni polmoni un profumo e poi riprendere a camminare con quella sua aria lievemente distratta. Indossava, sopra l'abito bianco, uno scialle giallo con le frange rosa, comprato nel negozio del cinese.

"Ciao, Jonathan!" lo chiamò Linda. E Jonathan si tolse il logoro cappello di paglia, lo premette contro il petto, s'inginocchiò e le baciò la mano.

"Salve, o mia bellissima! Salve, mio celestiale bocciolo di pesco!" tuonò, con la sua voce bassa, galantemente. "Dove sono le altre nobili dame?".

"Beryl è andata a giocare a bridge e la mamma sta facendo il bagnetto al bambino... Sei venuto a chiedere in prestito qualcosa?".

Ai Trout capitava di ritrovarsi sempre sprovvisti di qualcosa e così si rivolgevano ai Burnell all'ultimo momento.

Ma Jonathan rispose soltanto: "Un po' d'amore, un po' di gentilezza"; e poi si incamminò al fianco della cognata.

Linda si lasciò cadere sull'amaca di Beryl, sotto l'albero di *manuka*, e Jonathan si distese sopra l'erba del prato accanto a lei, strappò un lungo stelo e iniziò a masticarlo. Si conoscevano bene. Voci e strilli di bambini giungevano dagli altri giardini. Il carretto leggero di un pescatore percorreva traballando la strada sabbiosa, e in lontananza si sentiva l'abbaiare di un cane: era un suono attutito, come se il cane avesse la testa infilata dentro un sacco. Stando in ascolto, con attenzione, si poteva sentire il sommesso mormorio del mare che, in alta marea, trascinava via i ciottoli. Il sole stava tramontando.

"E così, lunedì torni in ufficio, vero, Jonathan?" chiese Linda.

"Lunedì la porta della prigione si riaprirà e si richiuderà alle spalle della vittima per altri undici mesi e una settimana" rispose Jonathan.

Linda si dondolò un poco sull'amaca. "Dev'essere terribile" disse lentamente.

"Cosa vuoi che faccia, vuoi che rida, cognata mia bella? Vuoi che pianga?".

Linda era talmente abituata al modo di parlare di Jonathan che non gli prestò molta attenzione.

"Suppongo", disse con aria vaga, "che ci si abitui. Ci si abitua a qualsiasi cosa".

"Dici? Uhm!". Quell'*uhm* risuonò così profondo che pareva rimbombare da sottoterra. "Mi domando come si faccia", disse Jonathan pensieroso, "io non ci sono mai riuscito".

Guardandolo lì, disteso accanto a lei, Linda pensò ancora una volta a quanto fosse affascinante. Era strano pensare al fatto che fosse soltanto un semplice impiegato, e che Stanley guadagnasse il doppio del suo stipendio. Cosa c'era che non andava in Jonathan? Non aveva ambizioni; lei pensava che fosse questo il motivo. Eppure si percepiva che quell'uomo avesse delle doti, che fosse eccezionale. Era un grande appassionato di musica; ogni centesimo che guadagnava lo spendeva in libri. Aveva sempre nuove idee, progetti, piani. Ma non portava nulla a compimento. In Jonathan ardeva il fuoco della novità; se ne sarebbe potuto sentire il leggero crepitio mentre spiegava, descriveva e commentava qualche sua nuova idea; ma un istante dopo la fiamma si era già spenta e non ne restava che cenere, e Jonathan rimaneva con uno sguardo insaziabile negli occhi neri. In quei momenti esagerava il suo assurdo modo di parlare, e quando cantava in chiesa – era il direttore del coro – lo faceva con così tanta intensità drammatica da ammantare anche il più semplice e mediocre inno di uno splendore profano.

"Mi sembra da veri imbecilli, una cosa infernale, dover andare in ufficio al lunedì" disse Jonathan. "Così mi è sempre sembrato, e così mi sembrerà. Passare i migliori anni della propria vita seduti su di uno sgabello, dalle nove alle cinque, a scarabocchiare sul libro mastro di qualcun altro! È uno strano modo di godersi la propria... sola e unica vita, non trovi? O forse sto farneticando?".

Si rivoltò sull'erba e guardò in su, verso Linda. "Dimmi, qual è la differenza tra la mia vita e quella di un qualunque prigioniero? L'unica differenza che posso scorgere è che io stesso mi sono relegato, da solo, in carcere e nessuno mai mi farà uscire. Questa è una condizione molto meno tollerabile dell'altra. Perché se io fossi stato sbattuto dentro contro la mia volontà, perfino spinto dentro a calci, una volta chiusa la porta, o comunque nel giro di cinque anni o giù di lì, avrei potuto accettare la situazione e cominciare a badare al volo delle mosche, oppure a contare i passi del guardiano lungo il corridoio, concentrandomi particolarmente sulle variazioni dell'andatura, e così via. Ma stando così le cose, mi trovo nelle condizioni di un insetto che è volato dentro una stanza di sua iniziativa. Sbatto contro i muri, sbatto contro le finestre, colpisco il soffitto, faccio qualsiasi cosa possibile eccetto che volare fuori. E per tutto il tempo continuo a pensare, come quella falena, o quella farfalla, o qualsiasi altro insetto sia: 'La vita è breve! La vita è breve!'. Mi resta soltanto una notte, o un giorno, e là fuori mi attende quel vasto, pericoloso giardino, ancora ignoto e inesplorato".

"Ma se ti senti così, perché..." cominciò Linda, prontamente.

"Ah!" gridò Jonathan, e quell'*ah* parve in qualche modo quasi trionfante. "Questo è il punto. Perché? Perché quindi? Questa è la snervante, misteriosa domanda. Perché non volo via, fuori? C'è la finestra, o la porta, o qualsivoglia apertura da cui sono entrato. Non è chiusa per sempre, vero? Perché non mi introduco e me ne vado? Dammi tu una risposta, cognatina". Egli, però, non le diede il tempo di replicare.

"Sono esattamente, di nuovo, come quell'insetto. Per qualche ragione", Jonathan fece una pausa tra le parole, "non è permesso, è vietato, è contro la legge degli insetti cessare, anche solo per un istante, di colpire, sbattere, strisciare sul vetro. Perché non lascio l'ufficio? Perché non esamino seriamente, in questo momento, per esempio, quali sono i motivi che mi impediscono di lasciarlo? Non è perché io sia estremamente vincolato ad esso. Ho due figli di cui occuparmi, ma dopotutto ormai sono grandi. Potrei imbarcarmi su una nave, o trovarmi un lavoro nell'entroterra, oppure…". Improvvisamente sorrise a Linda e disse, con un tono di voce diverso, come se le stesse confidando un segreto: "Debole… debole. Nessuna energia. Nessun'àncora. Nessun principio guida, chiamiamolo così". Poi, però, riprese la sua voce cupa, di velluto:

Vuoi ascoltare la storia
Come si svolge…

e stettero in silenzio.

Il sole era tramontato. Nel cielo, a occidente, grandi masse di nuvole color rosa si pigiavano l'una contro l'altra. Larghi raggi di luce filtravano attraverso le nubi e si allargavano dietro di esse, come se volessero ricoprire il cielo intero. In alto, l'azzurro sbiadiva, si tramutava in un oro pallido, e il *bush*, contro questo sfondo, spiccava scuro e lucido come metallo. Talvolta, quando quei raggi di luce compaiono nel cielo, proviamo una sensazione di timore. Ritorna alla mente che lassù siede Geova, il Dio geloso, l'Onnipotente, il cui occhio è su di noi, ci guarda sempre, instancabile. Ritorna alla mente che alla Sua venuta la terra intera tremerà, e si ridurrà a un cimitero in rovina; gli angeli, freddi e lucenti, ci condurranno da una parte o dall'altra, e non ci sarà il tempo per spiegare quello che potrebbe essere spiegato così, semplicemente… Ma quella sera a Linda sembrava che ci fosse qualcosa di infinitamente festoso e lieto in quei raggi d'argento. Ora dal mare non proveniva più alcun suono. Respirava dolcemente, come se volesse trattenere nel proprio grembo quella tenera, gioiosa bellezza.

"Tutto è sbagliato, tutto è sbagliato" disse la voce ombrosa di Jonathan. "Non è la scena, non è l'ambientazione per… tre sgabelli, tre scrivanie, tre calamai e una veneziana alla finestra".

Linda sapeva che non sarebbe mai cambiato, però disse ugualmente: "È troppo tardi, anche adesso?".

"Sono vecchio, sono vecchio" intonò Jonathan. Si chinò verso di lei, si passò la mano sulla testa. "Guarda!". I suoi capelli scuri erano striati d'argento, come le piume sul petto di un uccello nero.

Linda ne fu sorpresa. Non aveva idea che stesse diventando grigio. E quando egli si alzò in piedi accanto a lei, sospirando e stiracchiandosi, per la prima volta non lo vide più come un uomo determinato, galante, senza preoccupazioni, ma già toccato dalla vecchiaia. Sembrava davvero molto alto sul prato che continuava a scurire, e un pensiero le passò per la mente: "È come un'erbaccia".

Jonathan si chinò nuovamente e le baciò le dita.

"Il Cielo ricompensi la tua dolce pazienza, o mia signora" sussurrò. "Devo andare a cercare gli eredi della mia fama e della mia fortuna…". E scomparve.

CAPITOLO XI

Le finestre dei bungalow erano illuminate. Due riquadri d'oro si adagiavano sopra i garofani e sulle calendule appuntite. Florrie, la gatta, uscì sulla veranda, e si mise a sedere sul gradino più alto, con le zampe bianche ravvicinate e la coda arrotolata attorno al corpo. Sembrava soddisfatta, come se avesse aspettato quel momento per tutta la giornata.

"Grazie a Dio si sta facendo tardi" disse Florrie. "Grazie a Dio, questa lunga giornata si è conclusa". I suoi occhi, simili a prugne, si spalancarono.

In quell'istante si sentì il rumore della carrozza, e lo schiocco della frusta di Kelly. La vettura si avvicinò abbastanza da sentire i discorsi degli uomini, di ritorno dalla città, che parlavano tra di loro ad alta voce. Si fermò davanti al cancello dei Burnell.

Stanley stava circa a metà del vialetto quando vide Linda.

"Sei tu, cara?".

"Sì, Stanley".

Attraversò l'aiuola e la strinse tra le braccia. Lei si sentì avvolta in quell'abbraccio familiare, vigoroso e appassionato.

"Perdonami, cara, perdonami" balbettò Stanley; con la mano le prese il mento e sollevò verso di sé il viso di lei.

"Perdonarti?" sorrise Linda. "Perché dovrei perdonarti?".

"Buon Dio! Non puoi aver dimenticato" urlò Stanley Burnell. "Non ho pensato ad altro per tutto il giorno. È stata una giornata infernale. Avevo deciso di correre a telegrafarti, ma poi ho realizzato che il telegramma non ti avrebbe raggiunto prima del mio arrivo. È stata una tortura, Linda".

"Ma, Stanley", disse Linda, "che cosa devo perdonarti?".

"Linda!". Stanley era davvero risentito. "Non ti sei accorta – ma devi essertene accorta – che me ne sono andato via senza salutarti, questa mattina? Non posso credere di aver fatto una cosa simile. È a causa del mio carattere terribile, sicuramente. Ma, bene", sospirò e la prese di nuovo tra le braccia, "ho sofferto abbastanza per oggi".

"Cos'è che tieni nella mano?" chiese Linda. "Dei guanti nuovi? Fammi vedere".

"Oh, è solo un paio di guanti in pelle di daino, erano a buon mercato" rispose Stanley con fare modesto. "Questa mattina, in carrozza, mi sono accorto che Bell ne indossava un paio, così, quando sono passato davanti al negozio, ho fatto un salto dentro e me li sono comprati. Perché stai sorridendo? Non penserai che abbia sbagliato, vero?".

"Al contrario, caro" disse Linda. "Credo sia stato del tutto ragionevole".

Infilò le dita dentro uno di quei larghi, pallidi guanti e poi guardò la sua mano, rigirandola da una parte e dall'altra. Continuava a sorridere.

Stanley avrebbe voluto dirle: "Quando li ho comprati, ho pensato a te". Era la verità, ma per qualche motivo non riusciva a pronunciare quella frase.

"Entriamo" le disse invece.

CAPITOLO XII

Perché di notte ci si sente così diversi? Perché è tanto eccitante starsene svegli quando tutti gli altri dormono? È tardi, molto tardi. E tuttavia istante dopo istante ti senti sempre più sveglio, come se lentamente, quasi respiro dopo respiro, ti inoltrassi in un mondo nuovo, meraviglioso, molto più emozionante e inebriante di quello diurno. E cos'è questa strana sensazione, questo sentirsi quasi un cospiratore? Leggermente, furtivamente ti muovi per la stanza. Prendi qualcosa dal tavolino della toeletta e lo rimetti giù senza fare il minimo rumore. E ogni cosa, persino le colonnine del letto a baldacchino, ti conosce, ti risponde, condivide il tuo segreto…

La tua camera ti è indifferente, durante il giorno. Non pensi mai a lei. Entri ed esci, la porta si apre e si richiude con un colpo, l'armadio scricchiola. Ti siedi sul bordo del letto, cambi le scarpe e poi vai fuori di nuovo. Uno sguardo allo specchio, due forcine tra i capelli, un po' di cipria sul naso e via un'altra volta. Ma ora, all'improvviso ti diviene cara. È una camera piccola, graziosa e accogliente. Ed è tua. Oh, che gioia possedere qualcosa! Mia, tutta mia!

"Mia per sempre?".

"Sì". Le loro labbra si unirono.

No, certo, non aveva nulla a che vedere con questo. Queste erano tutte sciocchezze e fesserie. Ma pure, suo malgrado, Beryl vide distintamente due persone in piedi nel bel mezzo della sua camera. Le braccia di lei cingevano il collo di lui; lui la stringeva a sé. Ora lui le sussurrava: "Mia bellezza, mia piccola bellezza!". Beryl saltò giù dal letto, corse alla finestra e si inginocchiò sulla panca sottostante, con i gomiti appoggiati sul davanzale. Ma la notte bellissima, il giardino, ogni cespuglio, ogni foglia, persino lo steccato bianco, persino le stelle, tutto sembrava complottare. La luna brillava così luminosa che i fiori erano nitidi come di giorno; l'ombra dei nasturzi, con le superbe foglie a forma di giglio e i fiori ben aperti, si allungava sulla veranda d'argento. La *manuka*, piegata dai venti del Sud, sembrava un uccello appollaiato su una gamba sola, che spiegava un'ala all'infuori.

Ma quando Beryl guardò il *bush*, le sembrò avere un'aria triste.

"Noi siamo delle piante silenziose, e di notte allunghiamo i rami verso il cielo, implorando qualcosa che nemmeno conosciamo" diceva il *bush* malinconico.

È vero che, quando ci si trova da soli e si riflette sulla vita, si diventa tristi. D'un tratto, l'eccitazione e tutto il resto ti abbandonano, ed è come se, nel silenzio, qualcuno chiamasse il tuo nome, e tu sentissi il suono del tuo nome per la prima volta.

"Beryl!".

"Sì, sono qui. Sono Beryl. Chi mi vuole?".

"Lasciami venire".

È triste stare da soli. Certo, ci sono i parenti e gli amici, un mucchio di amici; ma non è questo quello che intende. Lei vuole qualcuno che riesca a scovare la Beryl che nessuno di loro conosce, qualcuno che si aspetti che lei sia quella Beryl sempre. Lei vuole un innamorato.

"Portami via da tutta questa gente, amore mio. Andiamocene via, lontano. Viviamo la nostra vita, tutta nuova, tutta nostra, proprio dall'inizio. Accendiamo il fuoco. Sediamoci a mangiare assieme. Parliamo a lungo, per tutta la notte".

E quello che pensava era quasi: "Salvami, amore mio. Salvami!".

..."Oh, avanti! Non fare la puritana, mia cara. Divertiti, finché sei giovane. Questo è il mio consiglio". E una risata improvvisa, sciocca e acuta, andò a unirsi al nitrito, chiassoso e indifferente, di Mrs. Kember.

Vedi, è così terribilmente difficile vivere, quando non si ha nessuno. Sei in balia degli eventi. Non puoi proprio essere scortese. E vivi sempre nel terrore di sembrare inesperta e antiquata come quelle altre stupide della Baia. E... e poi è eccitante sapere di avere potere sulle altre persone. Sì, è eccitante...

Oh perché, oh perché *lui* non viene presto?

Se continuo a vivere qui, pensò Beryl, potrebbe capitarmi qualsiasi cosa.

"Ma come fai a sapere che egli alla fine verrà?" la derise una vocina dentro di lei.

Beryl, tuttavia, la ignorò. Era impossibile che restasse sola. Le altre, forse, ma non lei. Era inconcepibile pensare che Beryl Fairfield non si sarebbe sposata, una fanciulla così bella e affascinante.

"Ti ricordi Beryl Fairfield?".

"Se me la ricordo? Come se si potesse dimenticarla! Fu un'estate alla Baia, quando la conobbi. Era in spiaggia e indossava un vestito di mussolina azzurra – no, rosa – e teneva in mano un grande cappello di paglia color crema – no, nero. Ma sono passati tanti anni ormai".

"È sempre bella, forse ancora di più, se possibile".

Beryl sorrise, si morse il labbro, e volse lo sguardo sul giardino. In quel momento vide qualcuno, un uomo, che abbandonava la strada e costeggiava il *paddock* accanto alla loro staccionata, come se si stesse dirigendo dritto verso di lei. Cominciò a batterle il cuore. Chi era? Chi poteva essere? Non era un ladro, sicuramente non era un ladro, perché fumava e camminava disinvolto. Il cuore di Beryl ebbe un sussulto; parve fare una capriola e poi fermarsi. Poi lei lo riconobbe.

"Buonasera, Miss Beryl" disse la voce dolcemente.

"Buonasera".

"Vuole venire a fare una piccola passeggiata?" aggiunse, strascicando le parole.

Andare a fare una passeggiata, a quell'ora della notte! "Non posso. Sono tutti a letto. Stanno tutti dormendo".

"Oh" fece la voce leggermente, e uno sbuffo di dolce fumo la raggiunse. "Che importanza hanno gli altri? Deve venire! È una notte così bella. Non c'è un'anima in giro".

Beryl scosse la testa. Ma già qualcosa vibrava in lei, qualcosa iniziava a manifestarsi.

La voce disse: "Spaventata?", poi si burlò di lei: "Povera piccola!".

"Proprio per niente" rispose. Mentre parlava, quella debole cosa, dentro di lei, parve crescere, diventare all'improvviso tremendamente potente; desiderava con tutta se stessa andare!

E proprio come se l'altro avesse intuito le sue sensazioni, la voce disse, gentile e dolce, ma con tono deciso: "Andiamo!".

Beryl scavalcò la bassa finestra, attraversò la veranda, scese di corsa lungo il prato fino al cancello. L'uomo stava lì, davanti a lei.

"Così va bene" disse la voce in un sospiro, poi aggiunse, provocandola: "Non è spaventata, vero? Non è spaventata?".

Beryl era spaventata; ora che stava lì era terrorizzata, e le sembrava che tutto fosse diverso. La luna la osservava, scintillando; le ombre erano come sbarre di ferro. Sentì che lui le prendeva la mano.

"Proprio per niente" disse in un soffio. "Perché dovrei esserlo?".

Lui le tirò la mano dolcemente, poi la strattonò con più forza. Lei si ritrasse.

"No, non ho intenzione di venire oltre" disse Beryl.

"Oh, che sciocchezza!". Harry Kember non le credeva. "Venga! Andiamo soltanto fino a quel cespuglio di fucsie. Avanti!".

Il cespuglio di fucsie era alto. Ricadeva sopra il cancello come una cascata. Al di sotto, vi era una piccola zona buia.

"No, davvero, non voglio" disse Beryl.

Per qualche istante Harry Kember non rispose. Poi si fece più vicino, si girò verso di lei, sorrise e disse rapidamente: "Non fare la sciocca! Non fare la sciocca!".

Il suo sorriso era qualcosa che lei non aveva mai

visto prima d'allora. Era forse ubriaco? Quel sorriso splendente, cieco, terrificante la raggelò per l'orrore. Che cosa stava facendo? Come mai si trovava là? Era il giardino, severo, a farle quelle domande, mentre il cancello veniva aperto con una spinta e, svelto come un gatto, Harry Kember entrava e l'attirava a sé con la forza.

"Piccolo diavolo gelido! Piccolo diavolo gelido!" disse la voce odiosa.

Ma Beryl era forte. Si divincolò, abbassò la testa e si liberò con uno strattone.

"Sei un vigliacco, un vigliacco" disse.

"Ma allora perché, in nome di Dio, sei venuta?" balbettò Harry Kember.

Non gli rispose nessuno.

Una nuvola, piccola, serena, danzò davanti alla luna. In quell'attimo di buio, il mare risuonò profondo, turbato. Poi la nuvoletta se ne andò veleggiando, e il rumore del mare diventò un mormorio indistinto, come se si fosse risvegliato da un sogno oscuro. Tutto era quieto.

LA CASA DELLE BAMBOLE

Quando la cara vecchia Mrs. Hay ritornò in città dopo essere stata ospite dei Burnell, inviò alle bambine una casa delle bambole. Era talmente grande che il carrettiere e Pat la trasportarono nel cortile, e lì rimase, sostenuta da due casse di legno accanto alla porta del magazzino. Niente poteva danneggiarla; era estate. E probabilmente l'odore della vernice se ne sarebbe andato prima che giungesse il momento di portarla all'interno. Perché, seriamente, l'odore di vernice che proveniva da quella casa delle bambole ("Gentile la vecchia Mrs. Hay, davvero; molto gentile e generosa!"), soltanto l'odore di vernice era sufficiente per far ammalare gravemente qualcuno, questo era il parere della zia Beryl. Perfino prima che venisse tolto il sacco che la conteneva. E quando venne tolto...

Eccola la casa delle bambole, di un color verde spinacio, scuro, lucido, ravvivato qua e là da un giallo smagliante. I due piccoli e solidi camini, incollati al tetto, erano dipinti di rosso e bianco, e la porta, brillante di vernice gialla, sembrava un pezzettino di caramella toffee. Le quattro finestre, vere finestre, erano divise in lastre da una larga striscia verde. C'era persino, realmente, un piccolo portico dipinto di giallo, con grossi coaguli di vernice rappresa appollaiati lungo il bordo.

Ma era perfetta, una casetta perfetta! Chi mai avrebbe fatto caso all'odore? Faceva parte della gioia, faceva parte della novità.

"Che qualcuno la apra, presto!".

Il gancio sul lato era totalmente bloccato. Pat fece leva con il suo coltellino, l'intera facciata oscillò, e... ecco, in un unico istante apparvero il salotto, la sala da pranzo, la cucina e le due camere da letto. Proprio così dovrebbe aprirsi una casa! Perché non si aprono in questo modo tutte le case? È molto più eccitante che non spiare, attraverso la fessura di una porta, dentro un piccolo e insignificante ingresso con un attaccapanni e due ombrelli! Questo è quello – non è forse vero? – che si desidera conoscere di una casa quando si posa la mano sul battaglio. Probabilmente, questa è la maniera con cui Dio apre le case nel cuore della notte quando fa una passeggiata tranquilla assieme a un angelo...

"Ooh!". Le bambine dei Burnell sembravano quasi sconvolte. Era troppo stupenda, era troppo per loro. In tutta la vita non avevano mai visto nulla di simile. Ciascuna stanza era tappezzata con carta da parati. C'erano quadri alle pareti, dipinti sulla carta, con vere cornici dorate. Tutti i pavimenti erano ricoperti da tappeti rossi, tranne quello della cucina; nel salotto sedie in tessuto felpato rosso, verde in sala da pranzo; tavoli, letti con vere coperte e lenzuola, una culla, una stufa con i fornelli, una credenza con piatti minuscoli e una grande caraffa. Ma quello che a Kezia piaceva più di tutto il resto, quello che le piaceva immensamente, era la lampada. Stava al centro del tavolo della sala da pranzo, una deliziosa piccola lampada in ambra con un globo bianco. Era addirittura piena, pronta per essere accesa, sebbene, naturalmente, non fosse possibile accenderla. Ma all'interno c'era qualcosa che somigliava all'olio, che si muoveva quando la si scuoteva.

Le bambole mamma e papà, che stavano stese in salotto rigidamente quasi fossero svenute, e i loro due bambini addormentati nella camera al piano di sopra, erano davvero troppo grandi per quella casa. Davano l'impressione di non appartenerle. Ma la lampada era perfetta. Pareva sorridere a Kezia, dirle: "Io vivo qui". La lampada era vera.

Alle bambine dei Burnell, la mattina dopo, sembrava di non camminare abbastanza velocemente nel tragitto verso la scuola. Fremevano dal desiderio di raccontare a tutti, di descrivere, di... beh... vantarsi della loro casa delle bambole prima che la campanella suonasse.

"Spetta a me raccontarlo", disse Isabel, "perché sono la più grande. E voi due potrete intervenire in un secondo momento. Ma io lo racconto per prima".

Non potevano replicare. Isabel era prepotente, però aveva sempre ragione, e Lottie e Kezia conoscevano troppo bene il potere che derivava dall'essere la più grande. Accarezzarono i ranuncoli che crescevano fitti sul ciglio della strada e non dissero nulla.

"E spetta a me scegliere chi sarà la prima a vederla. La mamma ha detto che posso".

Era stato infatti deciso che, fintanto che la casa delle bambole fosse rimasta in cortile, avrebbero potuto invitare le compagne di scuola, due per volta, a venire a vederla. Non avrebbero potuto fermarsi per il tè, ovvio, e neppure girovagare per la casa. Sarebbero dovute rimanere tranquille nel cortile mentre

Isabel illustrava le bellezze della casa delle bambole, con Lottie e Kezia che guardavano compiaciute…

Ma nonostante avessero corso il più possibile, nel momento in cui raggiunsero lo steccato incatramato che delimitava il campo giochi dei maschi, la campanella prese a suonare. Ebbero solo il tempo di togliersi i cappellini e di mettersi in fila prima che iniziasse l'appello. Ma non importava. Isabel tentò di recuperare assumendo un'aria molto sostenuta e misteriosa, e sussurrando alle bambine accanto a lei, nascondendo la bocca dietro la mano: "Ho qualcosa da raccontarvi durante la ricreazione".

Venne dunque il momento della ricreazione e Isabel fu attorniata. Le compagne di classe quasi litigarono per abbracciarla, fare due passi con lei, sorriderle in modo lusinghiero, essere insomma le sue amiche del cuore. Si può dire che lei tenesse quasi una corte sotto i grandi pini a fianco del parco giochi. Sgomitando e ridacchiando, le bambine si ammassavano strette strette. E le uniche due che stavano fuori dal cerchio erano sempre loro, le piccole Kelvey. Sapevano perfettamente che dovevano tenersi distanti dalle Burnell.

Il fatto era che la scuola che frequentavano le figlie dei Burnell non era proprio quella che essi avrebbero scelto, se ci fosse stata possibilità di scelta. E possibilità di scelta non ce n'era. Era l'unica scuola nel raggio di molte miglia. E di conseguenza tutti i bimbi delle vicinanze, le bambine del giudice, le figlie del dottore, i bambini del negoziante, quelli del lattaio, erano costretti a mescolarsi insieme. Per non parlare del fatto che vi si trovava anche un ugual numero di bambini rozzi e turbolenti. Pertanto doveva essere posto un limite, da qualche parte. E quel limite fu posto sulle Kelvey. A molti bambini, incluse le Burnell, non era permesso neppure rivolgere loro la parola: oltrepassavano le Kelvey girando la testa dall'altra parte, e siccome essi erano il modello di riferimento per quanto riguardava la maniera di comportarsi, le Kelvey venivano evitate da tutti. Persino l'insegnante aveva una voce particolare per loro, e un sorriso particolare per gli altri bambini quando Lil Kelvey si avvicinava alla scrivania con un mazzolino di fiori terribilmente comuni.

Erano le figlie di una piccola, vivace e diligente lavandaia, che faceva il giro delle case durante il giorno. Questo era già abbastanza orribile. Ma dov'era Mr. Kelvey? Nessuno lo sapeva con certezza. Tutti, però, dicevano che si trovava in prigione. Quindi, esse erano le figlie di una lavandaia e di un detenuto. Una bella compagnia per gli altri bambini! E il loro aspetto ne era la conferma. Il motivo per cui Mrs. Kelvey le rendesse così vistose era difficile da comprendere. La verità era che si vestivano con gli "scarti" che venivano dati alla mamma dalla gente per la quale lavorava. Lil, ad esempio, che era una bambina robusta e insignificante, con tante lentiggini, veniva a scuola indossando un vestito ricavato da una tovaglia di serge verde dei Burnell, con maniche in velluto rosso che provenivano dalle tende dei Logan. Il cappello, posato sulla cima della sua fronte alta, era una cappello da donna, che un tempo apparteneva a Miss Lecky, la direttrice dell'ufficio postale. Era risvoltato sulla nuca e guarnito con una grande piuma scarlatta. Sembrava proprio un ragazzino! Era impossibile trattenersi dal ridere. E la sua sorellina, la nostra Else, indossava un lungo vestito bianco, simile piuttosto a una camicia da notte, e un paio di stivali da maschio. Ma qualsiasi cosa avesse indossato la nostra Else, ugualmente avrebbe avuto un aspetto strano. Era una bambina sottile e mingherlina, con i capelli rasati ed enormi occhi solenni – una piccola civetta bianca. Nessuno l'aveva mai vista ridere; e raramente persino parlava. Attraversava la vita tenendosi stretta alla sorella, con un lembo della gonna di Lil sgualcita nella mano. Quando Lil arrivava la nostra Else veniva subito dietro. Nel cortile, sulla strada verso o dalla scuola, c'era Lil che camminava davanti e la nostra Else che la seguiva. Solamente quando voleva qualcosa, o quando le mancava il fiato, la nostra Else dava uno strattone a Lil, un colpetto, e Lil si fermava e si voltava. Le Kelvey si capivano l'un l'altra all'istante.

Ora esse gironzolavano ai margini del gruppo; non era possibile evitare che ascoltassero. Quando le altre bambine si girarono sogghignando, Lil, come al solito, mostrò il suo sciocco sorriso imbarazzato, mentre la nostra Else non fece altro che starsene a guardare.

La voce di Isabel, così piena di orgoglio, proseguì nel racconto. Il tappeto fece grande impressione, ma anche i letti con vere coperte e lenzuola, e la stufa con lo sportello del forno.

Quando terminò, Kezia si intromise: "Hai dimenticato la lampada, Isabel".

"Oh, sì", fece Isabel, "c'è una lampada piccina, tutta di vetro giallo, con un globo bianco, che sta sopra il tavolo della sala da pranzo. Non sareste in grado di distinguerla da una vera".

"La lampada è la cosa più bella" gridò Kezia. Pensava che Isabel non avesse valorizzato a sufficienza la piccola lampada. Ma nessuno le prestò attenzione. Isabel stava scegliendo le due bambine che sarebbero rientrate con loro quel pomeriggio per vedere la casa delle bambole. Scelse Emmie Cole e Lena Logan. Ma quando le altre scoprirono che tutte avrebbero avuto la possibilità di vederla, provarono in ogni modo a mostrarsi gentili con Isabel. Ad una ad una la cingevano alla vita con le braccia e cercavano di isolarsi con lei. Volevano sussurrarle qualcosa, un segreto: "Isabel è *mia* amica".

Soltanto le piccole Kelvey si allontanarono, dimenticate; per loro non c'era più nulla da ascoltare.

I giorni passarono, e quante più bambine vedevano la casa delle bambole, tanto più la sua fama aumentava. Diventò l'unico argomento, una mania. La sola domanda era: "Hai visto la casa delle bambole delle Burnell? Oh, è così carina". "Non l'hai vista? Ah, davvero?".

Anche l'ora del pranzo veniva utilizzata per parlarne. Le bambine sedevano sotto i pini a mangiare i loro grossi panini ripieni di carne d'agnello e grandi fette di focaccia di granoturco spalmate di burro. E come sempre, le Kelvey sedevano il più vicino possibile, la nostra Else stretta a Lil, in ascolto, mentre mangiavano i loro panini con la marmellata avvolti in carta di giornale piena di grandi chiazze rosse…

"Mamma", domandò Kezia, "posso invitare le Kelvey, soltanto una volta?".

"Assolutamente no, Kezia".

"Ma perché no?".

"Via, Kezia, sai benissimo il motivo".

Alla fine tutte l'avevano vista tranne loro. Quel giorno l'argomento si era affievolito. Era ora di pranzo. Le bambine erano riunite sotto i pini, e improvvisamente, guardando le Kelvey mangiare nelle loro carte di giornale, sempre in disparte, sempre in ascolto, furono prese dal desiderio di essere cattive con loro. Emmie Cole iniziò a bisbigliare.

"Lil Kelvey farà la serva quando sarà grande".

"Oh, è terribile" disse Isabel Burnell, facendo un cenno con gli occhi a Emmie.

Emmie deglutì in maniera molto loquace e fece sì con la testa, rivolta a Isabel, come aveva visto fare a sua madre in occasioni simili.

"È vero… è vero… è vero" disse.

Poi Lena Logan sbatté gli occhi. "Vado a domandarglielo?" sussurrò.

"Scommetto che non lo fai" disse Jessie May.

"Pfui, non ho paura" rispose Lena. All'improvviso lanciò un gridolino e si mise a ballare davanti alle altre bambine. "Guardate! Guardatemi! Guardatemi adesso!" disse Lena. E scivolando armoniosa, trascinando un piede e ridacchiando nascosta dietro la mano, Lena si avvicinò alle Kelvey.

Lil sollevò gli occhi dal suo pranzo. Impacchettò quello che rimaneva e lo pose da parte. La nostra Else smise di masticare. Che cosa stava succedendo?

"È vero che farai la serva quando sarai grande, Lil Kelvey?" strillò Lena.

Silenzio di tomba. Ma invece di rispondere, Lil offrì soltanto il suo sciocco, imbarazzato sorriso. Non sembrava che la domanda le desse noia. Che smacco per Lena! Le bambine ripresero a ridacchiare.

Lena non poteva sopportarlo. Puntò le mani sui fianchi e sparò il suo colpo: "Tuo padre è in prigione!" sibilò perfida.

Questa era una cosa talmente insolente da dire che le bambine si dileguarono tutte insieme, profondamente eccitate, pazze di gioia. Qualcuna trovò una lunga corda, e cominciarono a saltare. Mai avevano saltato così in alto, corso dentro e fuori così veloci, o fatto cose tanto audaci come quella mattina.

Nel pomeriggio Pat andò a prendere le figlie dei Burnell con il calesse e le portò a casa. C'erano visite. Isabel e Lottie, a cui piaceva avere ospiti, andarono al piano di sopra a cambiarsi il grembiule. Kezia invece sgattaiolò furtiva dalla porta sul retro. Non c'era nessuno in giro; prese a dondolarsi sul grande cancello bianco del cortile. Presto, guardando lungo la strada, vide due puntini. Essi crebbero, stavano venendo verso di lei. Ora poteva vedere che uno stava davanti e l'altro stretto dietro. Ora poteva ravvisare che si trattava delle Kelvey. Kezia smise di dondolarsi. Scivolò giù dal cancello come se dovesse scappare via. Poi esitò. Le Kelvey si fecero più vicine, e accanto camminavano le loro ombre, lunghissime, che si proiettavano sulla strada con le teste che finivano nei ranuncoli. Kezia si arrampicò di nuovo sul cancello; aveva deciso, oscillando lo aprì.

"Ciao" disse alle Kelvey mentre passavano lì davanti.

Erano talmente meravigliate che si fermarono. Lil mostrò il suo stupido sorriso. La nostra Else la fissò.

“Se volete, potete venire a vedere la nostra casa delle bambole” disse Kezia, trascinando la punta del piede sulla terra. Ma Lil diventò rossa e scosse la testa con forza.

“Perché no?” chiese Kezia.

Lil respirava a fatica, ma rispose: “La tua mamma ha detto alla nostra che tu non devi parlare con noi”.

“Oh, bene” fece Kezia. Non sapeva cosa replicare. “Non importa. Potete venire a vedere la nostra casa delle bambole ugualmente. Forza. Non ci vede nessuno”.

Lil scosse la testa con ancora più veemenza.

“Non volete vederla?” chiese Kezia.

Improvvisamente Lil sentì uno strattone alla gonna. Si voltò. La nostra Else la stava fissando con i suoi grandi occhi imploranti, l’espressione risentita: lei voleva andarci. Per un istante Lil guardò la nostra Else con aria dubbiosa. Poi, però, la nostra Else le strattonò ancora la gonna. Allora si incamminò. Kezia faceva strada. Come due piccoli gatti sperduti la seguirono attraverso il cortile fino a dove stava la casa delle bambole.

“Eccola” disse Kezia.

Ci fu una pausa. Lil respirava sonoramente, quasi sbuffando; la nostra Else era immobile come un sasso.

“La aprirò per voi” disse Kezia con tono gentile. Sganciò l’uncino e guardarono dentro.

“C’è il salotto, e la sala da pranzo e quella è...”.

“Kezia!”.

Oh, che sobbalzo fecero!

“Kezia!”.

Era la voce della zia Beryl. Le bambine si voltarono. Sulla porta di servizio stava la zia, guardando la scena come se non potesse credere ai suoi occhi.

"Come hai osato invitare le piccole Kelvey nel nostro cortile?" chiese con la sua voce fredda, furibonda. "Lo sai meglio di me, non ti è permesso parlare con loro. Andatevene, bambine, andatevene subito. E non tornate mai più" disse la zia Beryl. Entrò nel cortile e le cacciò via come fossero galline.

"Fuori, immediatamente!" urlò, fredda e superba.

Loro non se lo fecero ripetere due volte. Bruciando per la vergogna, strette l'una all'altra, Lil che abbracciava la sorella quasi fosse la sua mamma, la nostra Else disorientata, in qualche modo attraversarono il grande cortile e sgattaiolarono fuori dal cancello bianco.

"Bambina cattiva e disobbediente" disse aspramente zia Beryl a Kezia, e sbatté la porta della casa delle bambole.

Quel pomeriggio era stato terribile. Le era giunta una lettera da parte di Willie Brent, una lettera orribile e minacciosa, in cui scriveva che se lei non l'avesse incontrato quella sera a Pulman's Bush, lui sarebbe venuto alla porta principale a chiederle spiegazioni! Ma adesso che aveva spaventato quei piccoli topi delle Kelvey e dato a Kezia una bella sgridata, il suo cuore si sentiva più leggero. Quella spaventosa pressione se n'era andata. Rientrò in casa canticchiando.

Quando le Kelvey furono lontane dalla casa dei Burnell, si sedettero per calmarsi su un grosso tubo di scarico rosso a lato della strada. Le guance di Lil stavano ancora bruciando; si tolse il cappello con la piuma e lo appoggiò sul ginocchio. Con occhi sognanti guardarono oltre i campi di fieno, oltre il ruscello, verso quel gruppo di acacie dove le mucche di Logan attendevano di essere munte. A cosa pensavano?

Allora la nostra Else si rannicchiò, stretta alla sorella. Aveva già scordato la signora arrabbiata. Con un dito le accarezzò la piuma del cappello; poi si aprì in uno dei suoi rari sorrisi.

"Ho visto la piccola lampada" mormorò, in un soffio.

Poi entrambe tornarono di nuovo silenziose.

Notizia

di

Alessandra Poletto

Breve, coraggiosa e tormentata. È custodita in questi tre aggettivi l'esistenza di una delle scrittrici in lingua inglese più dotate della prima metà del Novecento.

Kathleen Mansfield Beauchamp nasce il 14 ottobre del 1888 a Wellington, Nuova Zelanda, in una famiglia benestante. Kathleen è la terza figlia femmina: appena nata, viene affidata alla nonna, Margaret Mansfield Dyer, perché la madre, sofferente per le tre gravidanze ravvicinate, non può occuparsi delle bambine. La nonna sarà la vera figura materna di riferimento: è buona, paziente, affettuosa; di lei la scrittrice serberà sempre un ricordo dolcissimo.

Kathleen è una bambina silenziosa, riflessiva. Soffre molto per la nascita prima della sorellina e poi del fratellino, che come lei vengono lasciati alle cure della nonna: si sente spodestata dal suo ruolo di piccola di casa. Ama isolarsi, trovare rifugio nella natura rigogliosa, leggere fino a notte fonda, e scrivere.

A 8 anni viene pubblicato un suo racconto nel giornalino della scuola che frequenta: suscita clamore il fatto che una bambina così chiusa e taciturna, in apparenza limitata, possa nascondere invece un animo sensibile e spiccate doti narrative.

Nel 1903, quattordicenne, viene mandata dai genitori a Londra, a frequentare il Queen's College. Dopo tre anni torna in Nuova Zelanda profondamente cambiata: il suo animo si è affinato, ingentilito. Durante il soggiorno londinese ha deciso che scopo dare alla sua vita: vuole diventare una scrittrice, anzi *essere* una scrittrice. Da questo momento si fa chiamare con il *nom de plume* Katherine Mansfield, in onore della nonna amatissima. Crede fermamente che per essere una vera scrittrice sia necessario vivere un'esistenza piena, intensa, ricca di esperienze. E la Nuova Zelanda, con il suo modello di vita provinciale, non può offrirle che stimoli limitati: da qui il desiderio di ritornare in Inghilterra.

Nel 1908 è a Londra, ora stabilmente, dove ha inizio per lei un periodo tormentato. In nome dell'ispirazione, alla ricerca di impulsi per la sua creatività e la sua vena narrativa, conduce una vita da bohémienne: ha diversi amanti, rimane incinta, suggella un matrimonio riparatore con George Bowden che lascia il giorno successivo, si ritira sola in Baviera dove, in seguito a un aborto spontaneo, perde il bambino. È perennemente in fuga, sembra travolta dagli avvenimenti; sperimenta la povertà e lo squallore. Inanella una lunga serie di esperienze dolorose, di angoscia e disperazione. Ma Katherine è una donna di carattere, non si abbatte, e la sostiene sempre e comunque un pensiero dominante: la volontà di affermarsi, di *essere* una vera scrittrice.

Nel 1911 conosce John Middleton Murry, direttore della rivista "Rhythm" che le pubblica un racconto. Murry è un uomo colto ma vile. Iniziano una relazione amorosa: il matrimonio li unirà soltanto nel 1918, dopo il divorzio da Bowden. Resteranno sposati fino alla morte della Mansfield, pur vivendo spesso separati.

Nel 1915 giunge a Londra il fratello minore di Katherine, Leslie, per arruolarsi nell'esercito inglese. Trascorrono insieme una settimana molto intensa che sarà decisiva per orientare la Mansfield verso la scrittura: insieme rievocano i giorni, ormai distanti, della loro infanzia in Nuova Zelanda, i genitori, le sorelle, la nonna, i giochi sulla spiaggia, le merende all'aperto; attraverso la lente del tempo, il ricordo si è fatto dolce, nostalgico e malinconico. Dopo soltanto una settimana dal suo arruolamento, Leslie muore per uno stupido incidente (gli esplode una granata tra le mani durante un'esercitazione): la notizia getta nella disperazione la sorella. L'episodio tragico, però, fa sì che la Nuova Zelanda assuma agli occhi di Katherine un'aura nuova: ogni risentimento viene cancellato e l'infanzia lontana diventa una sorgente di benessere, di energia spirituale, di ispirazione. Nell'immaginario della scrittrice restano soltanto l'Isola luminosa e i ricordi più cari.

Nella produzione letteraria della Mansfield, possiamo riconoscere due filoni tematici: uno relativo appunto alla rievocazione degli anni vissuti in Nuova Zelanda, con soggetti anche tipici della narrativa coloniale; l'altro legato al suo presente, al vissuto quotidiano, che sarà argomento dei racconti di ambientazione e temperie europee.

A Londra Katherine stringe amicizia con D.H. Lawrence e la moglie Frieda. Nel 1916 comincia a frequentare la celebre cerchia letteraria del gruppo di Bloomsbury, di cui fanno parte, tra gli altri, Bertrand Russel, T.S. Eliot, e Virginia e Leonard Woolf. A Virginia la legherà un'amicizia a volte diffidente ma sincera, resa fragile da una rivalità permanente sul piano letterario: la Woolf infatti dirà di essere invidiosa di una scrittrice soltanto, Katherine Mansfield. La Hogarth Press di Virginia e Leonard Woolf le pubblicherà, comunque, uno dei pochi racconti editi non postumi, *Preludio*.

Soltanto nel 1917 le viene diagnosticata la tubercolosi, anche se già dall'età di ventun anni la sua salute si era mostrata precaria. La malattia si manifesta, e Katherine, non volendo essere rinchiusa in uno dei sanatori che le inibirebbero – a suo dire – l'ispirazione e la scrittura, è costretta a un triste pellegrinaggio, di albergo in albergo, lontano dal clima freddo londinese, alla ricerca di un raggio di sole, di un barlume di speranza: soggiorna a Parigi, a Bandol, in Cornovaglia, in Svizzera, a Ospedaletti sulla riviera ligure... È quasi sempre sola, perché il marito non la segue in questo suo tribolato peregrinare.

La tosse non le dà tregua, le sofferenze aumentano, la logorano. Katherine dimostra, nonostante tutto, la sua tempra forte, il suo carattere appassionato: lotta, cerca di resistere. Continua a scrivere, che è il suo punto fermo. D'altronde, per lei scrivere è vivere.

Nell'ottobre del 1922, dopo essersi sottoposta a dolorosi trattamenti radiologici, innovativi per l'epoca, ma poco o nulla efficaci (e tra l'altro, col tempo, rivelatisi persino dannosi), sconvolta da una crisi interiore si ritira a Fontainebleau, vicino a Parigi, ospite di una casa di cura diretta da un "guaritore" convinto che la salute del corpo si possa ottenere mediante la meditazione e i lavori manuali.

Il 9 gennaio del 1923 una violenta emorragia polmonare la porta in poche ore alla morte.

Katherine Mansfield se ne va, così, a soli 34 anni. La sua produzione letteraria, tanto prolifica soprattutto nell'ultimo periodo della sua vita, è stata pubblicata per la maggior parte postuma, a cura del marito.

La cifra stilistica della Mansfield è il racconto. In questa edizione, ne sono stati scelti due relativi al ciclo neozelandese, in particolare due tra quelli legati alla sua infanzia: *Alla Baia* e *La casa delle bambole*. Entrambi sono stati scritti nel 1921, mentre Katherine si trovava in Svizzera, allo Chalet de Sapins: la sua propensione alla scrittura dipendeva dalla pace interiore; in questo luogo, infatti, benché malata, ha vissuto una parentesi di tranquillità, favorita probabilmente anche dalla dolcezza della natura che la circondava, dal paesaggio lindo e armonioso.

Perché sono stati scelti questi due testi? Innanzitutto perché ci presentano una Katherine più serena, lontana dalle inquietudini che sottendono alla sua produzione "europea". Inoltre, questa tipologia di racconti conferma l'idea che in tutta la sua opera la Nuova Zelanda rappresenti il nucleo emotivo, viscerale, l'Isola odiata e poi amata, il porto al quale tornare per trovare riparo e quiete: è la chiave di lettura per comprendere al meglio la complessità, le molteplici sfaccettature della scrittrice. Infine, perché in questi testi ha raggiunto una felicità narrativa perfetta, dei livelli poetici altissimi, una scrittura ricca di significati, di sfumature: questi due racconti sono come dei piccoli cristalli che riverberano la luce, con candore e delicatezza.

La penna della Mansfield è leggera: dice e non dice, accenna, tocca lievemente con la punta delle dita. Suggerisce, non entra nei dettagli. Però si sofferma su qualche particolare, su qualche oggetto, lo accentua, ne fa un simbolo. Cerca la levità, la grazia, la vaghezza; il suono, la musicalità delle parole. Il linguaggio è sospeso, sfumato. Non ama l'intreccio, la trama: i suoi racconti sono una sequenza di immagini, di piani, di ritratti, solo apparentemente separati l'uno dall'altro; non racconta una storia, la fa raccontare ai suoi personaggi, le bastano pochi accenni per svelare un'intera esistenza. Nel suo stile si nota l'influenza degli impressionisti e dei modernisti: bastano un tocco, una parola, per cesellare la realtà, non occorre descriverla nei particolari.

La Mansfield non è mai sentimentale, o svenevole: propone al lettore il suo passato senza filtri, realistico, trasformandolo, però, in un eterno presente. La sua infanzia diventa l'infanzia di tutti, ha caratteristiche universali.

Il primo racconto, *Alla Baia*, vede protagonista la famiglia di Katherine, i cui componenti sono celati sotto nomi fittizi: Stanley e Linda Burnell, il papà e la mamma; Mrs. Fairfield, l'amata nonna (tra l'altro Fairfield è la traduzione inglese del cognome Beauchamp); la zia Beryl; le sorelle Isabel e Lottie; il fratellino, i cuginetti, lo zio. La piccola Kezia, il personaggio chiave, adombra la stessa Katherine.

Day's Bay, vicino a Wellington, è lo scenario reale di questo racconto lungo: qui Katherine e la sua famiglia erano soliti trascorrere le vacanze, in un bungalow vicino alla spiaggia. Subito l'Autrice ci trasporta nel mondo magico della sua infanzia, dove la natura del luogo ha un ruolo importante; conosciamo così piante e arbusti, contesti ambientali tipici della Nuova Zelanda: la *manuka*, il *toitoi*, il *bush* e il *pad-*

dock, che la Mansfield descrive con tocco leggero. In questo scenario si muovono anche numerosi animali: le pecore, i cani, la gatta Florrie…

Il racconto si sviluppa, capitolo dopo capitolo, nell'arco di un'intera giornata: all'inizio il sole non è ancora sorto, e la Baia è avvolta dalla foschia che sale dal mare; poi Katherine ci accompagna nelle ore che precedono il pranzo, quindi in quelle del meriggio e della sera, per concludere con l'episodio notturno, misterioso, di cui è protagonista zia Beryl.

La Mansfield mette a punto la sua tecnica narrativa peculiare: non c'è intreccio, non c'è trama; i diversi capitoli, pur collegandosi l'uno all'altro, sono autonomi; cambiano i luoghi, cambiano i personaggi. Il suo è un occhio cinematografico, ama le scene, le istantanee. Tuttavia riesce a donare al lettore una visione d'insieme che è ricca, fascinosa, lieve ma anche pregnante. Alla fine della lettura ci sembra di conoscere i protagonisti nel profondo della loro anima.

Nel terzo capitolo, ad esempio, con pochi cenni l'Autrice delinea il carattere dei personaggi e svela le dinamiche tipiche che si creano all'interno della famiglia Burnell: Stanley battibecca con la zia Beryl perché vuole che gli sia servita la colazione, la nonna si occupa del bambino, le tre sorelline vengono rimproverate per il comportamento poco educato a tavola, la mamma Linda è nella sua camera a riposare. Quando finalmente il papà esce per recarsi al lavoro, dopo aver perso le staffe parecchie volte anche per motivi futili, le donne di casa tirano un sospiro di sollievo. Tornano padrone della loro giornata, dei loro ritmi, respirano la libertà. Non c'è dubbio che, nella narrativa di Katherine, le donne assumano un ruolo fondamentale: la vita ruota attorno ad esse, sono il fulcro, il motore di ogni giornata. E gli uomini devono accontentarsi di starsene in disparte, di fare da comparse.

Nella caratterizzazione psicologica, i protagonisti sono lo specchio dei veri famigliari di Katherine: Stanley è il papà lavoratore indefesso, ma dall'indole tormentata e ansiosa, a volte quasi infantile negli atteggiamenti; la mamma Linda è come assente: indebolita dalle gravidanze, se ne sta spesso a letto e non si occupa dei figli; la nonna invece è la figura affettiva di riferimento, sempre pronta ad accogliere e ad ascoltare i nipoti; la zia Beryl, nubile, sembra perennemente insoddisfatta e poco sincera, come se nascondesse qualcosa.

Ma sono soprattutto i bambini ad avere un ruolo importante in questo racconto: le tre sorelline che formano un trio compatto e indissolubile, il fratellino appena nato, i cuginetti vivaci e intraprendenti. Il mondo degli adulti è visto attraverso i loro occhi, e il tempo è scandito dai momenti dedicati al gioco, alle coccole, alle marachelle. Il capitolo quarto inizia con la scena di Kezia che aiuta la sorella minore Lottie a scavalcare lo steccato, una scena semplice e in apparenza minima nella quale però si fanno strada dirompenti le emozioni delle bambine, che arrivano immediatamente al cuore del lettore: la paura e la diffidenza, la generosità e l'affetto sincero, la complicità tra sorelle…

Mirabile è poi il capitolo nono, dedicato alla "compagnia di animali" riunita nella lavanderia dei Burnell: un capitolo vivace, quasi scanzonato e sorridente. Bastano le battute di un dialogo, alla Mansfield, per definire le varie personalità dei bambini seduti attorno al tavolo per un gioco alle carte: quelli più grandi che si dimostrano esperti e quasi presuntuosi, altri più accomodanti, la piccola sempre impacciata e sull'orlo delle lacrime. L'Autrice riesce soprattutto a rendere pienamente la loro innocenza, il loro candore, il loro mondo sognante e fantastico.

Nel capitolo sesto, invece, la Mansfield cambia registro e presenta una scena molto toccante: la protagonista è Linda, la mamma. Se ne sta a riposare sotto una *manuka* in giardino, ma questa volta non è sola. Accanto a sé, steso sull'erba, c'è il bambino addormentato. Linda si interroga sulla propria vita, sul destino, e atroce affiora il pensiero di non essere una brava mamma e di non amare i propri figli. Guarda il suo bambino e non prova nessun trasporto e sentimento, le è indifferente. Ma il piccolo apre gli occhi e sembra aver capito cosa passa per la testa di Linda: la guarda dapprima incredulo, poi, però, le dona un grande sorriso. La mamma è scossa profondamente, quel sorriso spontaneo e fiducioso fa svanire la sua abulia e la sua aridità: sente nascere dentro di sé un sentimento nuovo, viscerale, quel sentimento materno che fino ad allora non aveva mai provato, e che la fa piangere di gioia.

In questo capitolo la Mansfield ha riversato tutto il dolore che ha sperimentato da bambina ma anche l'affetto che, malgrado ciò, provava e prova per la mamma. Una mamma che è sempre stata distante, inavvicinabile; malata ed eterea, quasi svanita, sempre sulle nuvole; poco partecipe della vita dei suoi figli; Katherine, però, anelava a lei, desiderava le sue carezze e i suoi abbracci, voleva con tutte le sue forze significare qualcosa per lei.

E tuttavia la vera figura materna è sempre stata la nonna, come si evince dal capitolo settimo – che non a caso segue quello dedicato a Linda e al bambino –, un capitolo intimo e profondo, che tocca temi esistenziali. La nonna è la persona con cui Katherine-Kezia passa tutto il suo tempo, con cui ha confidenza: a lei può porre qualsiasi domanda, anche quelle abissali, anche quelle che riguardano la morte. E al pensiero della morte della nonna adorata, dell'inevitabilità di quel destino, Kezia si oppone con tutta se stessa, con un'ostinazione energica e determinata, resa splendidamente dal punto di vista narrativo. L'anziana donna, però, tace perché sa che la morte è più forte di lei. La piccola le chiede comunque di non lasciarla sola, di prometterglielo; poi si abbandona tra le sue braccia alla ricerca di quel contatto fisico, di quella vicinanza affettuosa che la mamma non è in grado di donarle. Quell'abbraccio tenero la calma e la conforta: la nonna ci sarà per sempre.

Il secondo racconto, più breve, è *La casa delle bambole*: è un piccolo capolavoro, perfetto e folgorante.

Protagonista è sempre la famiglia Burnell, in particolare Kezia e le sorelle, che questa volta si muovono nell'ambiente della scuola, tra le compagne. Le figlie dei Burnell hanno ricevuto in dono una bellissima casetta per le bambole, che è un vero gioiello: è dipinta con cura, è completamente arredata e curata nei minimi dettagli. Il particolare che cattura l'attenzione, soprattutto quella di Kezia, è una piccola lampada che sembra vera.

Subito la casetta diventa l'oggetto dei desideri delle bambine che frequentano la loro stessa scuola, e a coppie vanno, di giorno in giorno, a vederla, come in un pellegrinaggio. Soltanto le sorelle Kelvey, Lil ed Else, non vengono invitate: sono povere e tutti le evitano e, ciò che è peggio, vengono in continuazione umiliate da molte compagne.

Kezia, però, di nascosto, le fa entrare nel giardino per mostrar loro la casetta: vengono scoperte dalla zia Beryl, che le caccia in modo brutale e violento. Dopo la fuga, le Kelvey si siedono a riprendere fiato e, pur nell'esperienza cupa dell'umiliazione, brilla la luce della gioia: sono riuscite anche loro a scorgere la piccola lampada.

Tema di fondo è la crudeltà di una società che traccia linee nette di divisione tra i ceti abbienti e quelli popolari. A questa crudeltà si oppone l'innocenza dei bambini, un'innocenza primigenia, insita nel loro animo. I piccoli, però, appaiono come avvelenati dalle parole, e dal comportamento, degli adulti, dalle loro dure consuetudini sociali che innalzano muri e barriere devastanti; i grandi guastano l'animo dei bambini tanto da spingerli verso la cattiveria.

Il mondo disumano degli adulti è fatto percepire dalla grandissima scrittrice senza infingimenti e ne esce sconfitto sul piano morale: l'unico esempio edificante, infatti, è quello di Kezia. Il suo gesto di bontà, semplice ma al tempo stesso potentissimo e dirompente, nei confronti delle piccole Kelvey, reiette e umiliate, riscatta l'essere profondo dei bambini, il loro vero universo, e sprofonda gli adulti in un abisso di vergogna, ipocrisia e meschinità.

Indimenticabile è l'affetto che lega le Kelvey: le sorelline si stringono, anche fisicamente, l'una all'altra e insieme si danno coraggio. Sono inseparabili: questa loro alleanza è come uno scudo tenuto stretto contro il mondo esterno, così terribile e violento. Sembrano indifese e fragili, dei gattini smarriti, ma alla fine forse sono le più forti, le più luminose.

La piccola lampada della casetta diventa un simbolo, è un oggetto che travalica qualsiasi barriera sociale e unisce le tre bambine – Kezia, Lil ed Else – in un comune, identico sentimento di meraviglia e stupore. Una minuscola lampada che, da sola, riesce a sconfiggere le ombre della cattiveria umana, e a illuminare d'incanto e speranza i visetti dolci e innocenti delle piccole protagoniste.

INDICE

INDICE

Collana **IL ROSONE**

invenzione

1. Pasquale Maffeo, *Prete Salvatico* (esaurito)
2. Ferruccio Mazzariol, *Il Paese dei Gelsi* (1ª, 2ª, 3ª, 4ª, 5ª, 6ª, 7ª, 8ª, 9ª e 10ª ed.)
3. Carraroli Facin / Saporiti, *D'una promessa*
4. Giovanni Costantini, *Nei blu di Santa Trinità*
5. Divo Barsotti, *La Presenza donata* (esaurito)
6. Giuliana Gramigna, *La poltrona di midollino* (1ª, 2ª, 3ª, 4ª e 5ª ed.)
7. Sergio Marano, *Il bosco di Rinaldo*
8. Minnie Alzona, *Il pane negato*
9. Divo Barsotti, *Per l'acqua e per il fuoco* (esaurito)
10. Elio Gioanola, *La grande e la piccola guerra* (esaurito)
11. Oliver Friggieri, *Storie per una sera. Racconti maltesi*
12. Paola Faccioli, *Marta e il Bambino di cera*
13. Boris Vishinski, *La corona di sabbia* (esaurito)
14. Franco De Poli, *Lorenzo*
15. Italo Facchinello, *I paesi perduti* (esaurito)
16. Bruno Sacchini, *Le chiavi nascoste*
17. Minnie Alzona, *Appunti per un addio*
18. Gustavo Eguren, *L'aria tra le dita*
19. Luisa Morandini, *Inter nos*
20. Mykola Chvyl'ovyj, *Due storie ucraine*
21. Sonia Savioli, *Campovento*
22. Elio Bartolini, *L'infanzia furlana* (1ª, 2ª, 3ª, 4ª, 5ª e 6ª ed.)
23. Ştefan Damian, *Racconti di Transilvania*
24. Gian Domenico Mazzocato, *Il delitto della contessa Onigo* (1ª, 2ª, 3ª, 4ª, 5ª, 6ª e 7ª ed.)
25. Aleksandr Bestužev, *Il giovane bek. Una storia del Caucaso*
26. Raffaello Brignetti, *La deriva*
27. Elio Bartolini, *Pontificale in San Marco* (1ª e 2ª ed.)
28. Francesco Lucchin, *Ritorno alla Casa Rossa*
29. Enzo Fontana, *I mandarini della piccola Atene*
30. Gian Domenico Mazzocato, *Il bosco veneziano* (1ª, 2ª, 3ª, 4ª, 5ª e 6ª ed.)
31. Elio Bartolini, *Le quattro sorelle Bau* (1ª, 2ª e 3ª ed.)
32. Hans Kitzmüller, *Viaggio alle Incoronate* (1ª, 2ª, 3ª, 4ª e 5ª ed.)
33. Elio Bartolini, *Le terre romanze* (1ª e 2ª ed.)
34. Amedeo Giacomini, *Andar per uccelli* (1ª e 2ª ed.)
35. Tommaso Tommaseo, *La carrozza del nonno* (1ª e 2ª ed.)

36. Theodor Fontane, *Infanzia sul Baltico* (1ª e 2ª ed.)
37. Paola Faccioli, *Vita di Chiara Dorigo*
38. Elio Bartolini, *Chi abita la villa*
39. Amedeo Giacomini, *Manovre*
40. Gian Domenico Mazzocato, *Gli ospiti notturni* (1ª e 2ª ed.)
41. Sergio Marano, *Le trottole di legno*
42. Pietro Ruo, *I segreti del lago* (1ª, 2ª e 3ª ed.)
43. Theodor Fontane, *Viaggio attraverso la Scozia* (esaurito)
44. Ulderico Bernardi, *La piccola città sul fiume* (1ª, 2ª e 3ª ed.)
45. Antonio Russello, *L'isola innocente*
46. Amedeo Giacomini, *Il giardiniere di Villa Manin* (1ª e 2ª ed.)
47. Padraic Colum, *Il viaggio infinito del Principe Irlandese* (1ª e 2ª ed.)
48. Claudio Segat, *Gli orecchini verdi di Anna Daniela* (1ª e 2ª ed.)
49. Antonio Russello, *La luna si mangia i morti* (1ª e 2ª ed.)
50. Ulderico Bernardi, *La festa delle vigne* (1ª, 2ª e 3ª ed.)
51. Theodor Fontane, *L'aria di Berlino*
52. Luciano Marigo, *La stanza del cuore* (1ª, 2ª e 3ª ed.)
53. Amedeo Giacomini, *Viaggio in Friuli, tra i vini e gli uomini* (1ª e 2ª ed.)
54. Antonio Russello, *Storia di Matteo*
55. Ludvík Vaculík, *Con i Cavalli in Moravia*
56. Giuseppe Covre, *Sono un veneto* (1ª e 2ª ed.)
57. Leone Boccalatte, *Le nozze e il grido*
58. Mario Bernardi, *Il ciclista del Duce* (1ª e 2ª ed.)
59. Antonio Russello, *La danza delle acque. A Venezia*
60. Cristiano Caracci, *La luce di Ragusa* (1ª e 2ª ed.)
61. Hans Kitzmüller, *Alle Isole Marchesi*
62. Jan Weiss, *Il Palazzo a mille piani*
63. Ulderico Bernardi, *Il profumo delle tavole* (1ª e 2ª ed.)
64. Sergio Marano, *Sinfonia prussiana*
65. Amedeo Giacomini, *Il ragazzo del Tagliamento*
66. Antonio Russello, *Siciliani prepotenti*
67. Renato Gasparetti, *I due villaggi*
68. Renzo Barsacchi, *Desiderio eterno*
69. Luigina Battistutta, *Caterina, la contrabbandiera friulana* (1ª e 2ª ed.)
70. Ulderico Bernardi, *Il lungo viaggio* (1ª e 2ª ed.)
71. Antonio Russello, *La grande sete*
72. Clemens Maria Brentano, *Le fiabe del vecchio Reno*
73. Ovidio Colussi, *Il grande Lino*
74. Aldo Barbina, *L'alba sulla città*
75. Antonio Russello, *Finestre sul Canal Grande*

76. Pietro Spirito, *Il bene che resta*
77. Ulderico Bernardi, *Il tesoro dei padri. Proverbi delle Venezie* (1ª e 2ª ed.)
78. Sylvie Germain, *La sconosciuta di Praga*
79. Paolo Malaguti, *Sul Grappa dopo la vittoria* (1ª, 2ª, 3ª, 4ª, 5ª e 6ª ed.)
80. Václav Havel, *Lettere a Olga*
81. Ulderico Bernardi, *Cara Piave* (1ª e 2ª ed.)
82. Sylvie Germain, *Magnus*
83. Italo Facchinello, *La sfida delle fionde*
84. Ferruccio Mazzariol, *Le aquile bianche dell'Imperatore* (1ª e 2ª ed.)
85. Antonio Russello, *Il direttore d'orchestra*
86. Antonio Russello, *In viaggio con l'Auto-ferma*
87. Claudio Segat, *Passeggiata con mio padre*
88. Paolo Malaguti, *Sillabario veneto* (1ª, 2ª, 3ª e 4ª ed.)
89. Luigina Battistutta, *Il mercante delle Alpi*
90. Italo Facchinello, *La contrada dei Ladri* (1ª e 2ª ed.)
91. Luca Desiato, *La notte dell'angelo. Vita scellerata di Caravaggio*
92. Dario Fertilio, *Concerto per carri armati*
93. Ulderico Bernardi, *Istria d'amore* (1ª e 2ª ed.)
94. Antonio Russello, *Ragazze del Friuli*
95. Alessandro Cecconato, *La bella di matematica*
96. Robert Louis Stevenson, *Viaggio con un'asina nel cuore della Francia*
97. Paolo Malaguti, *I mercanti di stampe proibite* (1ª e 2ª ed.)
98. Massimiliano Forza, *Triestiner*
99. Alberto Raffaelli, *L'Osteria senza oste* (1ª e 2ª ed.)
100. Margaret Symonds, *La Contessa Pisani* (1ª e 2ª ed.)
101. Carlo Scagnol, *Nel Paese degli orsi bruni*
102. Michele Basso, *La strana bottega del Calmaggiore*
103. Cristiano Caracci, *L'Adriatico insanguinato*
104. Claudio Segat, *Innamorarmi è stato così semplice*
105. Bonaventura Tecchi, *Tarda estate*
106. Giancarlo Cunial, *La crocerossina del Grappa* (1ª e 2ª ed.)
107. Antoine de Saint-Exupéry, *Lettere a una giovane amica*
108. G. Tonellato / N. Tonelli, *Il pittore inquieto e la ragazza del fiore*
109. Giuseppe Lupi, *Cronache della città nascosta*
110. Cristiano Caracci, *Il tramonto di Ragusa*
111. Antoine de Saint-Exupéry, *Lettere a mia madre*
112. Fabio Piuzzi, *Il taccuino segreto di Romeo e Giulietta*
113. Ferruccio Mazzariol, *La mia Treviso*
114. Isabella Panfido, *Lagunario*
115. Katherine Mansfield, *L'infanzia di Katherine*

L'editore, per quanto riguarda
i diritti di riproduzione dell'immagine di copertina,
è a disposizione di chi ne rivendicasse la legittima proprietà

FINITO DI STAMPARE
NEL MESE DI DICEMBRE 2016
PRESSO "LA GRAFICA"
DI VAGO DI LAVAGNO (VR)